D1387541

L'EXÉCUTEUR

HÉCATOMBE
À HOLLYWOOD

DON PENDLETON

L'EXÉCUTEUR

HÉCATOMBE
À HOLLYWOOD

VAUGIRARD

Photo de couverture : PICTOR INTERNATIONAL

ISBN 2-258-03412-4

Prologue

Il semblait que Mack Bolan ne fût revenu en Californie que pour assister aux pompeuses funérailles de Giorgio Lippi. Son arrivée à Los Angeles, trois jours auparavant, coïncidait précisément avec le décès de la vieille ordure qui avait été l'un des chefs californiens de la Cosa Nostra et s'était approprié pendant trois ans, entre autres activités clandestines, le trafic des stupéfiants en provenance du Mexique.

L'Exécuteur n'était pour rien dans la mort de Lippi dont le décès relevait d'un infarctus au terme d'une longue maladie cardio-vasculaire. C'était du moins la version officielle.

Bolan ne croyait pas à cette version. Il y croyait d'autant moins que, renseignements pris, le *capo* avait jusqu'au dernier instant continué de mener ses activités pourries avec la même âpreté et la même vivacité que par le passé.

Il y avait du complot dans l'air. Certains truands, d'ailleurs, avançaient avec prudence que « Monsieur Lipp » aurait été empoisonné au cours d'un gueuleton dans un restaurant du quartier italien, et la rumeur dans le Milieu était qu'il s'agissait purement et simplement d'une élimination par un rival.

En tout cas, les prétendants à la place laissée vacante étaient tous là, venus aussi bien de la Californie du Sud que des Etats limitrophes, l'Arizona et le Nevada. Ça ne pouvait pas mieux tomber. Une occasion pareille ne se produisait pas tous les jours.

Bolan avait d'abord pensé qu'il arrivait trop tard pour démanteler la nouvelle magouille de l'*Organized Crime*, la disparition de Lippi y mettant un terme. Mais l'assemblée de crapules notoires qui avait par la suite défilé devant ses yeux le convainquait du contraire. L'affaire n'allait sûrement pas en rester là.

Vêtu du costume sombre de circonstance, Bolan avait assisté incognito à la cérémonie religieuse. Il s'était appliqué à observer en douce les nombreuses têtes présentes, gagnant ainsi un temps précieux dans l'identification et la localisation de ses ennemis.

Il avait ainsi noté la présence d'Alfredo Vizzini, le caïd de la prostitution de Los Angeles, qui affichait un visage consterné, de Bud « Lucky » Valone, qui avait la mainmise sur toute une filière de jeux clandestins et qui pleurnichait la mort de son ami Jo, de Charly Maglione, le roi du racket, et de Doug Massandri, un proxénète chef de secteur, qui distribuait des Kleenex autour de lui. Beaucoup d'autres têtes brutales affichaient pour l'occasion des airs compatissants et attristés.

Mais il y avait aussi deux hommes que Bolan avait reconnus comme appartenant à l'entourage direct d'Augie Marinello Junior, le nouveau patron occulte de la côte Est. L'affaire, donc, s'annonçait particulièrement intéressante.

Après la cérémonie religieuse, un cortège s'était formé en direction du cimetière, constitué de limousines rutilantes et bardées de chromes. Une vingtaine de caisses luxueuses remplies des pires malfrats de l'Ouest.

Les deux types de la côte Est, eux, s'étaient éclipsés sans faire de bruit. Bolan les avait suivis discrètement à bord d'une Ford grise anodine et les avait abandonnés entrant dans un hôtel, pour se diriger vers la demeure de feu Giorgio Lippi, à Bel Air.

Il avait attentivement examiné la propriété, notant la présence de quatre mafiosi laissés sur place pour garder les lieux. Ceux-là paraissaient s'ennuyer ferme en attendant le retour des patrons, déambulant d'un air désœuvré dans le parc ou avachis dans des transats devant la grande maison luxueuse.

Une dernière fois, Bolan récapitula les éléments d'information et les données techniques qu'il possédait quant au contexte local. Durant trois jours, il s'était tenu à l'écoute de ce qui se disait dans le monde de la pègre, avait observé les allées et venues de la vermine mafieuse et s'était renseigné sur ses agissements. Il avait envisagé d'attendre encore un peu avant de se lancer dans la mêlée, attaquant de préférence en pleine nuit ou à l'aube afin de mieux surprendre ses adversaires. Mais l'occasion qui se présentait à lui était décidément trop belle. Pas question de la laisser échapper.

Le chef d'une meute pourrie venait de mourir, les autres loups prenaient déjà leur élan pour se partager le festin en cours et il y aurait probablement des charognards qui accourraient pour se disputer les restes.

Un tel rassemblement était presque inespéré.

L'Exécuteur quitta l'arbre qui lui avait servi de poste d'observation, s'introduisit en douce dans l'endroit en sautant le mur au fond du parc. Puis il déploya des outils de mort silencieuse et se prépara à répandre le sang des *amici*.

CHAPITRE I

Le chauffeur arrêta sa Mercury devant l'entrée de la propriété, appuya sur un bouton de télécommande du tableau de bord, et l'imposante grille d'accès s'ouvrit automatiquement. Puis il embraya doucement pour entrer dans le parc. Deux des six *soldati* qu'il transportait jetèrent un coup d'œil vers l'arrière pour surveiller la longue Cadillac noire qui les suivait. Un autre véhicule encore fermait la marche du petit convoi qui roula sur une cinquantaine de mètres avant de s'arrêter devant la grande bâtisse en pierre de taille.

Nino Jacobi sortit le premier de la Cadillac, suivi de cinq autres passagers, alors que les hommes de l'escorte se déployaient dans l'enceinte de la propriété.

Sans échanger un mot, les chefs entrèrent dans la maison, s'installèrent dans un living-room aux dimensions cyclopéennes tandis que Jacobi faisait un petit signe de la main au chef d'équipe qui s'était planté près de l'entrée.

— Amène-nous du vin et une collation, Johnnie, dit-il au type qui s'était empressé de venir aux ordres.

Puis, tandis que le chef d'équipe s'éloignait, il observa avec acuité les cinq personnages présents qui composaient de près ou de loin la famille Lippi. D'abord Dodo Manty *alias* Aldo Mantegna, un dandy aux cheveux gominés comme à l'époque des années trente, qui était un cousin de Giorgio et expert ès magouilles dans la production de films. Il n'avait pas arrêté de renifler depuis le début de la matinée, répandant des larmes de crocodile vorace sur son costard à cinq cents sacs.

Charly Maglione, lui, avait épousé une des filles de Giorgio et dirigeait les extorsions de fonds, les rackets, à L.A. Un homme trapu aux yeux fixes dans un visage sombre qui, pour le moment, paraissait perdu dans une rêverie ennuyée.

Puis Doug Massandri, un ex-petit proxénète de L.A. downtown qui s'était trouvé rapidement promu au rang de chef de secteur parce qu'il avait eu la chance d'être le neveu de Lippi. C'était un type assez jeune, grand et sec, au regard fuyant.

Alfredo Vizzini, le caïd de la prostitution, était également un cousin de Giorgio. Il avait le physique de l'acteur James Cagney mais la ressemblance s'arrêtait là. Il était connu comme un individu intelligent et vicieux et réputé dans le Milieu pour sa férocité.

Quant à Orlando Lippi, le propre fils du disparu, celui-là n'avait rien de particulièrement brillant, à part ses dents qu'il montrait volontiers dans des sourires qu'il voulait séducteurs, mais qui ne faisaient que refléter un caractère veule et frimeur. Il ne semblait guère affecté par la mort de son père.

Trois autres personnages encore devaient arriver

dont Angelo Lippi, le demi-frère du *capo* disparu avec lequel celui-ci n'était jamais arrivé à s'entendre, et qui tripatouillait lui aussi de grosses combines dans l'industrie du cinéma. Les deux autres, Benedetto Caldara et Bud Lucky Valone, étaient des pions de moindre importance, le premier étant un ex-acteur de cinéma au physique d'épouvante, le second s'occupant de jeux clandestins.

Tous briguaient le fauteuil du défunt capo, mais trois seulement avaient quelques chances de s'y installer un jour : Vizzini, Maglione et Jacobi. Selon ce dernier, aucun des autres n'avait l'étoffe d'un chef.

Nino Jacobi, lui-même, ne faisait pas à proprement parler partie de la famille mais il avait été le *consigliere* de Giorgio durant une dizaine d'années. A ce titre, il s'était implicitement placé sur les rangs, estimant qu'il avait, sinon des droits à faire valoir, du moins des avantages à offrir à la « famille ». Il connaissait en effet toutes les affaires que Lippi avait menées durant ses dix dernières années d'activités criminelles, y compris celles en cours et que personne d'autre que lui n'avait la possibilité de contrôler au pied levé.

Donc, un roi était mort et Nino Jacobi allait clairement faire comprendre aux autres postulants que seul son conseiller était capable de diriger efficacement le royaume délaissé.

D'un geste large, il les convia à s'installer autour d'une longue table en bois massif, attendit que deux *soldati* finissent d'y déposer des bouteilles de vin et des victuailles, puis prit la parole :

— Avant de parler de l'avenir de la famille Lippi, je voudrais que nous nous recueillions une dernière fois à la mémoire de don Giorgio et que nous réfléchissions à tout ce qu'il a fait pour ceux qui sont présents ici.

Il avait utilisé à dessein le *don*, cher aux mafiosi de la vieille génération, pour créer l'atmosphère et s'assurer un avantage. Mais ça ne marcha pas.

— Tu pourrais au moins attendre l'arrivée d'Angelo, l'interrompit assez brutalement Aldo Mantegna. Je suis sûr qu'il apprécierait qu'on ne le tienne pas en dehors de la discussion.

— Oui, tu as raison, admit Jacobi qui dissimula son dépit par un vague sourire de contrition.

Il n'avait jamais pu blairer ce con aux allures de faux dandy qui passait le plus clair de son temps à ramer dans les histoires de bidet à Hollywood. Il allait ajouter un mot quand un chef d'équipe vint lui susurrer quelque chose dans l'oreille. Il écouta, puis ses traits se figèrent et il se leva avec brusquerie, son regard se portant au-delà de la grande baie vitrée donnant sur le parc.

— On peut savoir ce qui se passe? demanda Vizzini en fronçant les sourcils.

Jacobi ne répondit pas à sa question; il était déjà en train de se diriger vers le parc, marchant sur les talons du chef d'équipe.

— Putain! Il pourrait au moins répondre quand on lui parle! s'insurgea Vizzini. Pour qui se prend-il?

— Je crois qu'on ferait mieux d'aller voir, suggéra Charly Maglione. J'ai l'impression que ça nous concerne aussi.

14

Tous se levèrent à l'instant où de nouveaux arrivants firent leur apparition dans la demeure, précédés par un garde qui referma ensuite la porte sur eux. Il y avait Angelo Lippi, Bud Valone et Ben Caldara ainsi qu'un quatrième personnage qui d'évidence les accompagnait. Celui-ci était de grande taille, d'apparence athlétique, portait des favoris et des lunettes teintées à fines montures dorées.

— Qu'est-ce qui se passe? interrogea Angelo Lippi en voyant l'agitation du groupe et surtout leurs mines inquiètes.

Le demi-frère du *capo* défunt était un homme de petite taille, pesant dans les cent dix kilos, avec une tête toute ronde, des lèvres rosâtres constamment humides et des trous de nez semblables à deux entonnoirs.

— Nino vient de partir comme une fusée dans le jardin, répliqua Vizzini en s'acheminant à son tour vers la porte vitrée.

De loin, ils virent Jacobi s'arrêter à côté d'une balancelle devant laquelle se tenaient déjà deux *soldati* aux visages crispés, les mains posées sur leurs revolvers. En quelques secondes, un attroupement se forma autour d'eux, puis le dernier visiteur à entrer dans la maison se fraya un passage jusqu'à la forme humaine allongée dans la balancelle. D'autorité, il écarta Jacobi et se pencha sur le corps qu'il retourna pour l'inspecter.

— Bon Dieu, qu'est-ce qui se passe ici? cracha soudain Ben Caldara. Est-ce que quelqu'un peut me dire ce qui se passe?

— Ce type a été rectifié il n'y a pas longtemps,

déclara froidement l'homme aux favoris en se relevant, laissant apercevoir le visage violacé du cadavre. Il est encore tiède.

Puis, observant tour à tour les visages proches, il questionna :

— Depuis combien de temps êtes-vous arrivés ?

— Une dizaine de minutes, fit Jacobi.

— Combien y avait-il de gardes dans cette maison pendant votre absence ?

— Quatre. Heu, je crois que...

— Où sont les autres ? gronda l'homme aux favoris.

— Comment ça ?

— Est-ce que tu es devenu sourd, Nino ?

— Nom de Dieu ! Qui es-tu pour me parler comme ça ? Je...

Le reste de sa phrase fut couvert par l'appel d'un mafioso qui faisait de grands signes près d'un petit kiosque en bois recouvert de lierre. Vizzini fut le premier à courir de ce côté, aussitôt suivi par Maglione et Mantegna, qui grommelait des mots indistincts en sicilien. Ils découvrirent la seconde sentinelle baignant dans une mare de sang au milieu du petit kiosque. Le mafioso était couché sur le ventre, le visage de côté crispé dans un rictus de terreur, les yeux exorbités. Une petite rivière de sang qui commençait à se coaguler prenait naissance dans le haut de ses reins. Il était manifeste qu'on l'avait poignardé.

Plusieurs jurons fusèrent de gorges nouées et Jacobi toussota pour s'éclaircir la voix :

— C'est... c'est une chose horrible ! Un pareil jour !

Mais personne ne prêta attention à sa remarque. En quelques secondes, la propriété devint le théâtre d'une intense agitation. On découvrit bientôt les corps des deux autres gardes qui avaient également été assassinés avec sauvagerie. L'un d'eux était dissimulé dans le local technique de la piscine. Il avait la gorge tranchée d'une oreille à l'autre, son sang s'était répandu tout autour de lui sur le sol cimenté. Son copain, lui, fut trouvé derrière une haie du jardin. D'après les traces sur sa gorge et sur son visage violacé, il avait été étranglé à l'aide d'un garrot. Sa braguette ouverte donnait à penser que son agresseur l'avait surpris alors qu'il était en train d'uriner.

Des exclamations continuèrent de fuser de toutes parts pendant que l'on examinait les corps, puis le silence se fit d'un coup, comme si chacun venait de comprendre la gravité de la situation. Il y eut des regards angoissés à la ronde, quelques commentaires chuchotés, et des ordres brefs lancés par Charly Maglione.

Tandis que les *soldati* établissaient un cordon de sécurité dans le parc, les hommes importants réintégrèrent la maison et le grand type aux favoris prit un air écœuré pour poser une question :

— Personne ne s'est aperçu de ça en arrivant ici ?

Ce fut Doug Massandri qui répondit :

— Nous étions tous encore sous le coup du décès de Giorgio. Comment pouvions-nous nous attendre à...

Sa phrase resta en suspens. Jacobi fixa tour à tour le type qui lui était inconnu puis Angelo Lippi.

— Qui est ce mec? questionna-t-il hargneuse-
ment.

— C'est Frank Attia, répliqua tout aussi
méchamment le demi-frère de Giorgio. Il est arrivé
spécialement de New York pour assister aux
obsèques. Tu ne devrais pas le prendre sur ce ton
avec lui, Nino. Frank est venu aussi pour nous
aider.

— Ah ouais? Je ne savais pas qu'on avait besoin
d'aide!

— Quand tu auras écouté ce qu'il a à nous dire,
tu changeras peut-être d'avis!

— Je voudrais bien entendre ça!

Frank Attia alluma lentement une cigarette,
observa ensuite les visages autour de lui, puis
demanda doucement :

— Est-ce que quelqu'un a une idée sur celui qui
est venu répandre le sang ici?

— Moi je voudrais bien savoir qui a pu
commettre une telle horreur! cracha Vizzini.

— D'après ce que j'ai vu, ça ne peut être qu'un
professionnel, émit Lucky Valone. Et ça ne
m'étonnerait pas qu'il soit envoyé par l'ordure
politicarde de Philadelphie. Pour ma part, je suis
d'ailleurs sûr que c'est lui qui a fait tuer le pauvre
Giorgio.

Tous, évidemment, savaient bien que le *capo*
n'était pas mort d'un infarctus. Certains d'entre
eux, au fil des trois jours écoulés, en étaient même
arrivés à se suspecter mutuellement.

— Augie Marinello n'a rien à voir avec ce qui
vient de se passer ici, affirma l'envoyé de New
York. C'est beaucoup plus grave.

— Mais qui alors? s'écria Orlando Lippi qui n'avait pas ouvert la bouche depuis le retour du cimetière. Tu ne veux quand même pas dire que quelqu'un d'entre nous a fait cette saloperie?

Frank Attia tira une longue bouffée de sa cigarette, sortit de sa poche un petit objet métallique qu'il posa devant lui sur la grande table et commenta froidement :

— J'ai trouvé ça dans la main du pauvre gars assassiné sur la balancelle. Ça vous dit quelque chose?

Tous les regards se fixèrent sur l'objet insolite que Vizzini prit finalement dans sa main pour mieux l'examiner.

— Merde, qu'est-ce que c'est? s'enquit nerveusement le fils de Giorgio. On dirait une pièce de monnaie bizarre.

— C'est une médaille, Lando, fit le caïd de la prostitution sur un ton qui pouvait s'adresser à un demeuré. Une putain de médaille de tireur d'élite.

— Quoi, quoi? coassa Orlando.

Benedetto Caldara s'exclama :

— Doux Jésus! Qu'on ne me dise pas que cette ordure est ici, dans notre ville!

— Je le savais avant même de trouver ça! fit Attia. Bolan la Pute est à Los Angeles depuis plusieurs jours et, croyez-moi, il est sûrement en ce moment même en train de réfléchir à d'autres coups tout aussi tordus. Alors le moment est venu de vous bouger le cul si vous ne voulez pas finir comme le pauvre Giorgio et ces quatre mecs qui se prélassaient dans cette propriété au lieu de veiller au grain.

— Parle pas de Giorgio, tu le connaissais pas ! fit Lucky Valone. Et d'abord, tu peux nous expliquer comment tu es au courant au sujet de la Grande Ordure ?

— Tu as sûrement mal entendu ce qu'a dit Angelo tout à l'heure, Bud, au sujet de mon arrivée ici. Les *capi* de New York savent se renseigner efficacement.

— Ouais... On sait aussi que la *Commissione* est plutôt comme cul et chemise avec ce fumier d'Augie Junior. Moi, j'aime pas que tu viennes avec tes grands airs nous parler comme si on était tous des abrutis incapables de savoir ce qui se passe chez nous ! Et aussi, qui me prouve que c'est bien les vieux qui t'envoient ?

Frank Attia ricana :

— T'es en retard de plusieurs trains, Lucky. Ça fait longtemps qu'il n'y a plus de *vieux* au grand conseil.

— Parce qu'Augie Marinello les a éliminés les uns après les autres, ouais !

— Parce que Bolan les a tous liquidés, connard ! T'es complètement paumé ou quoi ? Ce sont des types de notre âge qui mènent maintenant la barque, des spécialistes avec chacun leur part bien distincte des opérations. Et la combinaison noire va continuer à semer sa merde dans ta ville pendant que toi tu passes ton temps à radoter comme si t'étais sénile...

L'envoyé de New York se tut subitement. Un automatique nickelé venait d'apparaître dans la main de Valone, son museau pointant méchamment sur la poitrine de Frank Attia.

CHAPITRE II

L'envoyé de New York n'avait pas bronché. Il s'était figé dans une attitude granitique et fixait Lucky Valone d'un regard méprisant.

— Tu vas voir si je suis un connard sénile ! glapit celui qui régnait sur les jeux clandestins de Los Angeles. Tu vas voir, espèce d'enfoiré !

— Ça suffit ! rugit soudain Maglione. On vient à peine d'enterrer Giorgio !

Le visage de Valone s'était transformé en un masque de haine et ses yeux ressemblaient à deux poignards étincelants. Subitement, comme pris de folie, il tira un coup de feu sur un gros vase posé sur un guéridon, le manqua, hurla un juron, tira encore et vida son chargeur avant de réussir à toucher sa cible. Puis, tandis que les débris du vase éclaté tintaient encore, son délire cessa d'un coup, ses yeux se ternirent et il lâcha son automatique qui rebondit plusieurs fois sur le carrelage.

L'atmosphère de la grande salle empestait la poudre brûlée. Dans le silence qui suivit les détonations, on entendit Caldara toussoter et le ventre de l'énorme Angelo Lippi émit une bruyante flatulence.

Charly Maglione vit Frank qui ôtait doucement la main de la crosse de l'automatique qu'il portait sous sa veste. Personne en dehors de lui n'avait remarqué son geste.

Les tympans douloureux, il grogna :

— Tu devrais te reposer, Bud. Tu as les nerfs à cran depuis trop longtemps.

Puis il se tourna vers Attia et baissa la voix :

— Faut l'excuser, Frank. Il était très ami avec Giorgio, ça l'a salement touché.

— Nous sommes tous dans le même cas, objecta Massandri le maquereau. Ce n'est pas une raison pour foutre un pareil bordel dans la maison d'un mort.

Frank écrasa sa cigarette dans un grand cendrier en cristal, haussa les épaules.

— C'est pas grave. Bon, si quelqu'un veut vérifier que je suis bien celui que je prétends, il n'a qu'a appeler New York. Vous connaissez le numéro.

— Personne ici ne te fera cet affront. Je pense qu'Angie répond de toi ?

Le gros Angelo hocha gravement la tête.

— O.K. Alors l'affaire est réglée. Tu nous parlais de la combinaison noire, Frank.

Attia promena un regard scrutateur autour de lui et répliqua :

— Faites vérifier toute la baraque, qu'on la fouille de fond en comble.

— Tu crois qu'il se cache ici ? ricana le fils de Giorgio.

Frank fit comme s'il ne l'avait pas entendu et poursuivit :

— Le temps est venu d'arrêter les pleurnicheries. Cherchez des oreilles. D'après ce qu'on sait de lui, ce mec est un spécialiste du gadget électronique et je vous parie n'importe quoi qu'il en a planqué un peu partout.

D'un coup, le silence se fit, les mafiosi présents s'observant brusquement comme s'ils pensaient que chaque mot qu'ils pourraient prononcer déclencherait une catastrophe.

— Je ne resterai pas une seconde de plus dans cette baraque, dit soudain Alfredo Vizzini en se dirigeant vers la porte vitrée.

Après un court instant de flottement, la maison se vida et l'assemblée se retrouva par petits groupes dans le parc, discutant à voix basse et jetant des regards furtifs alentour.

La tension monta graduellement et les esprits commencèrent à échafauder de multiples hypothèses toutes plus vicieuses les unes que les autres.

Massandri et Charly Maglione se tenaient en retrait des autres, discutant eux aussi à voix basse.

— C'est dingue, commenta nerveusement le maquereau d'Orange County, je n'arrive pas encore à croire que la combinaison noire est arrivée chez nous. Il paraît qu'il y a quelques jours encore il était en Europe, à Zurich...

Le visage sombre de Maglione se crispa un peu.

— Moi, c'est pas ça que je trouve bizarre, ce mec se déplace à toute vitesse. Seulement, il ne reste jamais aussi longtemps en place.

— Tu veux dire que ça pourrait ne pas être lui qui a rectifié Giorgio et ces quatre types ?

— Je sais pas vraiment, mais c'est louche. Qu'est-ce que tu penses de ce Frank ?

— Il me plaît pas des masses...

— C'est un professionnel, un buteur de première, fit le roi du racket d'un ton confidentiel. J'ai l'habitude de ces gars-là. Lucky n'avait même pas encore sorti son flingue qu'il pouvait déjà le descendre s'il en avait eu l'intention. Ce mec agit à l'instinct. J'suis certain qu'il ne lui aurait laissé aucune chance.

— Ouais, c'est aussi mon avis. Qu'est-ce que tu en déduis ?

— Il y a une sacrée embrouille dans l'air, Doug. Et je pense qu'on ferait pas mal de tenir ce Frank à l'œil, des fois qu'il soit en train de nous montrer quelque chose qui n'a rien à voir avec ce qui se passe vraiment.

— C'est ce que je fais depuis tout à l'heure, Charly. Je le regarde depuis qu'il a foutu son tarin ici. Et plus je le regarde, plus je trouve qu'il pue la merde.

Ils se turent en s'apercevant que les autres jetaient de fréquents coups d'œil de leur côté et choisirent de les rejoindre. La nervosité des chefs commençait à arriver à son point culminant quand un *caporegime* sortit de la maison et se dirigea rapidement vers eux, les sourcils froncés, tenant entre ses mains des objets qui visiblement lui inspiraient un profond dégoût.

— Je crois qu'il les ont trouvés, fit Herman « Gadgets » Schwarz dont les yeux étaient rivés sur l'écran du système électronique *IRALS*.

Un casque d'écoute sur la tête, Bolan se fit attentif à la scène acheminée jusqu'à eux par le

24

faisceau laser. Depuis quelques minutes, il ne percevait plus que de vagues bruits ambiants retransmis par les micro-émetteurs qu'il avait dissimulés dans la bâtisse après avoir liquidé la vermine chargée d'y monter la garde. Aussi avait-il branché le dispositif d'écoute longue portée. L'appareil ne lui permettait pas d'entendre ce qui se disait à l'intérieur des murs, mais ça n'avait plus aucune importance depuis que les grosses têtes de la Mafia avaient déserté la baraque pour aller prudemment discuter dans le parc.

Rosario « Politicien » Blancanales se tenait tout contre Schwarz et s'occupait à enregistrer à l'aide d'un magnétoscope les images visibles sur l'écran. Ils étaient arrivés sur place à bord du char de guerre camouflé en innocent mobil-home une heure environ avant l'intervention sanglante de Bolan. Le fantastique engin de guerre était dissimulé à l'orée d'un bosquet, sur une surélévation de terrain qui permettait d'observer pratiquement toute l'étendue du parc.

Les deux amis de Bolan, rescapés de la Death Squad au début de la sanglante croisade de l'Exécuteur, avaient rejoint ce dernier quelques heures après qu'il eut débarqué à Los Angeles. Il n'était nullement question de les exposer aux risques directs d'un affrontement avec la racaille mafieuse. Mais Bolan, pour cette mission, avait besoin d'une assistance technique et logistique, en arrière-plan. En cette matière, Politicien et Gadgets étaient de véritables spécialistes.

— Ouais, c'est bien ça, commenta ce dernier en pianotant sur un clavier électronique pour faire un gros plan sur une table de jardin où l'on venait de déposer des boîtes rectangulaires de très petites dimensions. Tu as placé combien de *bugs*, Mack?

— Trois, répondit Bolan d'un ton amusé. Un dans le living, un autre sous la pergola du patio et un troisième sur la ligne téléphonique.

— Moi j'en compte cinq. Curieux, non?

— Elargis le champ.

Deux secondes plus tard, ils eurent une vue d'ensemble du groupe qui venait de s'agglutiner autour de la petite table. L'image était d'une netteté absolue, témoignage de la technique de pointe du XXᵉ siècle. Bolan brancha le son sur le haut-parleur du module opérationnel et aussitôt une voix alarmée se fit entendre :

— Putain! Ces bidules contiennent peut-être des charges explosives.

Celui qui venait de parler était un individu au physique ingrat avec de gros sourcils touffus, des lèvres minces et un nez en bec d'aigle. Il se nommait Benedetto Caldara et avait été un acteur de cinéma spécialisé dans les rôles d'épouvante, sous le pseudonyme de Ben Calhoun. Depuis plusieurs années, il tripatouillait en douce de sordides affaires de chantage dans le milieu hollywoodien avec Dodo Mantegna.

Bolan observa attentivement les autres visages et plus particulièrement celui du nouveau venu qui se faisait appeler Frank Attia et qui répliquait d'un ton dédaigneux :

— La grande pute aurait pu tous vous liquider tout à l'heure s'il en avait eu envie. Ces bidules ne sont que des micros-émetteurs. Vous comprenez ce que ça signifie?

Vizzini demanda :

— Où les a-t-on trouvés?

— Deux dans cette salle, au plafond et dans le bar, les autres dans les pièces voisines et sous la pergola.

— Quelle est la portée? questionna nerveusement un type énorme et court sur pattes que Bolan avait identifié comme étant Angelo Lippi, le demi-frère de Giorgio.

— Sans doute un kilomètre et demi, au maximum.

— Ça voudrait donc dire que Bolan n'est pas loin d'ici, fit observer Al Vizzini de sa voix de violoncelle.

Immédiatement, des regards inquiets se braquèrent de tous les côtés de la propriété et il y eut quelques jurons, puis l'émissaire de New York enchaîna :

— Pas forcément. Je crois plutôt qu'il a planqué à proximité un ré-émetteur enregistreur.

— C'est quoi? s'enquit stupidement Orlando.

Ce fut Maglione qui répondit :

— Un relais technique. Ça enregistre les conversations pompées par les *bugs* et ça les émet ensuite sur une plus grande portée. On peut le déclencher à distance en envoyant une fréquence radio depuis une bagnole, par exemple.

— Exact, confirma Frank Attia. Il est même possible de condenser plusieurs heures d'écoute en quelques minutes. Donc, je ne pense pas que Bolan soit resté à proximité, mais il va sûrement revenir pour relever les compteurs.

— Alors, on devrait demander du renfort à

toute vitesse pour faire la bonne surprise à ce fumier, suggéra Lucky Valone.

Après un instant de silence, Charly Maglione prit en main un micro-émetteur, l'éleva devant ses yeux pour mieux l'examiner et fit remarquer :

— C'est bizarre, deux de ces bidules sont différents. Ils n'ont pas la même couleur ni exactement la même taille.

— Va demander pourquoi aux fournisseurs de Bolan! ricana Dodo Mantegna. En tout cas, si quelqu'un a encore des doutes...

— Moi, je suis de l'avis de Lucky. Faut pas rester comme des cons à attendre que l'autre enfoiré nous baise la gueule.

Sur l'écran vidéo, on voyait Jacobi qui fixait les petits appareils électroniques comme s'il s'agissait de serpents venimeux.

Bolan baissa le son du haut-parleur. Le front soucieux, il fixa ses deux amis, puis un pâle sourire étira ses lèvres.

— L'arrivée de ce Frank ne vous suggère rien? demanda-t-il.

— Si ce n'était la voix et le physique, on pourrait croire que c'est toi, ricana Gadgets. Ça me rappelle en effet les fois où tu t'es fait passer pour une carte noire.

— Mais celle-ci est réelle. Ce gus appartient corps et âme à l'ami Augie Marinello Jr et apparemment c'est un spécialiste de l'intox.

— Tu parles! Il essaye de te mettre toute la magouille sur le dos, y compris la mort de Giorgio... Y a gros à parier que c'est lui et ses petits copains qui ont arrangé le coup.

28

— Ouais, fit Bolan. Je pense aussi qu'il a un homme à lui dans le clan Lippi.

— Qu'est-ce qui te fait dire ça?

— Les deux micros supplémentaires. Ce n'est sûrement pas lui qui les a planqués.

— Ça tombe sous le sens, acquiesça Schwarz. C'est vraisemblablement la première fois qu'il met les pieds dans cette maison. Ça sent la trahison à plein nez.

Politicien eut un petit rire sinistre.

— Ces types passent le plus clair de leur temps à essayer de se baiser mutuellement. Rappelle-toi Frank Marioni et ses petits copains dégueulasses...

Brusquement, l'Exécuteur eut une furieuse envie de conforter Frank Attia dans son rôle. A l'instinct.

— Prépare les oiseaux de feu, dit-il soudain à Blancanales qui se mit immédiatement à pianoter sur l'ordinateur de bord pour activer le système lance-roquettes.

Un ronronnement se fit entendre tandis que la tourelle équipée de six projectiles à charges explosives prenait place au-dessus du toit du mobil-home. Les réticules d'un colimateur de visée s'inscrivirent sur l'écran et un voyant vert clignota sur la console.

— Système en place, annonça Politicien.

Quelques secondes suffisaient à présent pour centrer les objectifs et déclencher les réjouissances.

Rapidement, Bolan analysa la situation. Il avait d'abord eu l'intention de balancer anonymement quelques coups de pied dans le chaudron vicieux, histoire d'observer ce qui allait en sortir, mais l'immixtion de l'As noir venait modifier les données de l'équation. Tout compte fait, l'idée de donner un petit coup de pouce à « Frankie » était bonne et s'intégrait parfaitement dans le plan initial, même s'il s'agissait d'une décision prise au pied levé. Ensuite, il s'agirait d'effectuer la transformation de l'essai.

Restait un point obscur : Par quel miracle Frank Attia connaissait-il la présence de Bolan à Los Angeles ? A part Blancanales et Schwarz, une seule personne était au courant : Harold Brognola, le haut fonctionnaire du Justice Department qui avait contacté l'Exécuteur pour cette mission.

C'était une question qui méritait une réponse.

Utilisant le télescope électronique, Bolan fit un balayage panoramique des environs afin de repérer d'éventuels mouvements suspects, mais tout lui parut normal. Tout sauf, peut-être, la présence d'une petite voiture de sport bleue en stationnement à moins de deux cents mètres de la cible, et qui ne se trouvait pas à cet emplacement quelques minutes plus tôt. Un plan rapproché lui permit d'observer la chevelure blonde dépassant par la vitre ouverte de la portière, le visage féminin plaqué contre un appareil photo muni d'un long télé-objectif.

Qui espionnait la Mafia de Los Angeles ?

Encore une question en suspens. Mais le moment n'était pas à la déduction. Les réponses viendraient plus tard. Il le faudrait bien.

La fille était entièrement accaparée par ses prises de vue et ne semblait pas s'apercevoir qu'un homme au visage brutal venait de sortir de la propriété et marchait à grands pas dans sa direction.

Ouais, vraiment, l'instant était venu de flanquer un peu de pagaille chez feu Giorgio.

Bolan prit place devant la console de tir et déverrouilla le système de mise à feu des missiles.

Il était prêt à donner aux *amici* un avant-goût de l'enfer. Ce jour déjà funeste allait être un des plus sombres que la Mafia ait connus.

CHAPITRE III

Nino Jacobi lança nerveusement à un chef d'équipe :

— Prends quelques mecs et occupe-toi de faire disparaître les corps de ces pauvres gars.

— On les fout à la mer? demanda le mafioso.

— Et puis quoi encore? Je veux qu'on les enterre décemment dans le fond du jardin, personne n'aura l'idée d'aller fouiller par là. Pense à mettre une croix ou quelque chose de pieux sur l'emplacement, hein!

Il se retourna vers les autres qui continuaient de discuter entre eux d'un air morose.

— Ça fait un grand vide, maintenant, commenta pour la forme Lucky Valone en s'adressant à Vizzini. Il va falloir remplacer Giorgio et ça ne va pas être facile.

Du coin de l'œil, il nota le haussement d'épaules agacé de Mantegna et voulut poursuivre quand un soldat s'approcha de Jacobi en annonçant :

— On a repéré une nana qui photographie la propriété. Quelqu'un est parti voir.

— Putain! Qu'est-ce que c'est que cette

connasse ? cracha inélégamment Maglione. Giorgio est à peine mort que…

— Tu nous l'as déjà dit ! l'interrompit sèchement Angelo de sa voix de fausset.

Puis, se tournant vers le soldat :

— Retourne à la grille et regarde ce qui se passe. Si ça se trouve, c'est une copine de la combinaison noire !

— L'enfoiré ! glapit rageusement Doug Massandri en écrasant d'un grand coup de poing les petites boîtes vicieuses posées sur la table de jardin.

Personne ne sut jamais s'il avait voulu parler de la connasse en question ou de la combinaison noire. Au vacarme de son coup de poing qui résonna comme un gong dans la table de métal correspondit presque immédiatement un grondement puissant dans le lointain. Il y eut tout de suite après une stridulation atroce qui martyrisa les tympans et vrilla les nerfs des mafiosi rassemblés là. C'était comme un hurlement d'épouvante dont l'intensité grandissait d'une façon ahurissante. Puis Maglione pointa son bras vers le ciel en s'écriant :

— Doux Jésus !

Un intense sillage blanc traversait l'espace à une vitesse fulgurante, tendu comme un arc diabolique. Un dixième de seconde après, ils eurent la sensation qu'un tremblement de terre prenait naissance sous leurs pieds. Sous leurs yeux ahuris, une extrémité de la grande maison venait de s'envoler dans l'atmosphère en une multitude de débris qui commencèrent à retomber dans le parc en tourbillonnant.

Des exclamations et des hurlements jaillirent,

vite interrompus par un nouveau grondement aussi puissant que le tonnerre.

Vizzini se mit à crier :

— Foutez le camp! C'est un bombardement!

Il y eut encore des cris, des imprécations, puis ce fut l'autre extrémité de la bâtisse qui explosa. L'onde de choc projeta pêle-mêle Orlando et Caldara au sol, brisa la pergola du patio et retourna un véhicule garé à proximité.

Déjà, deux autres panaches de fumée grandissaient dans le ciel, pointant leurs dards acérés sur la propriété. Ce fut alors la débandade. L'assemblée de malfrats se disloqua pour courir en direction du parking, essayant de parvenir à leurs véhicules avant l'impact des roquettes meurtrières, s'époumonant dans une course hystérique.

— Cet enfoiré de Bolan nous canarde depuis la colline, là-bas! s'écria Maglione qui sprintait à côté de Doug Massandri en bougeant ses bras comme des bielles.

Les deux oiseaux de feu percutèrent la propriété dans une détonation fracassante, l'un se transformant en une fantastique boule de lumière qui volatilisa le toit de la maison, l'autre atterrissant en plein dans la piscine et transformant l'eau qui y était contenue en un immense nuage de vapeur tourbillonnante.

Maglione avait été poussé au sol par le souffle de la double explosion. Le nez dans la poussière, il regarda l'envoyé de New York également allongé par terre à moins d'un mètre de lui, le visage maculé de terre. Des gravats retombaient tout autour d'eux et des giclements d'eau mouillaient leurs costumes coûteux. Malgré la panique latente, il trouva subitement que Frank affichait un drôle d'air de faux-cul, avec ce sourire crispé sur les lèvres.

— Faut se tailler d'ici et vite ! cracha Frank.

Le roi du racket marmonna une insulte en se redressant et fonça de nouveau vers sa voiture à l'instant où un soldat arrivait de l'arrière de la propriété. La manche gauche du type était arrachée et laissait voir la plaie affreuse du bras qui n'était plus retenu à l'épaule que par un tendon sanguinolant. Il tituba et essaya en grimaçant de s'accrocher à Maglione qui le repoussa violemment avant de s'élancer vers son véhicule. Des portières claquaient à la volée sur le parking et des gémissements se faisaient entendre un peu partout tandis que les moteurs se mettaient à ronfler rageusement.

La réunion funèbre se transformait en un sauve-qui-peut hystérique.

— Ça ressemble à un naufrage, ricana Gadgets. Les rats quittent le navire.

Il avait les yeux rivés sur l'écran vidéo qui leur renvoyait en plan d'ensemble l'image de la propriété sinistrée. La belle maison ressemblait à présent à une caricature d'immeuble, avec ses deux extrémités éventrées, son toit défoncé et le cratère qui marquait l'emplacement de la piscine. Le tout était enrobé dans un énorme nuage de poussière et de fumée qui donnait une impression d'apocalypse. Des véhicules sortaient en trombe, se bousculant presque au passage de la grille d'entrée pour ensuite accélérer dans l'allée qui rejoignait la route départementale.

Bolan manipula une commande pour faire pivoter la caméra extérieure, explora l'endroit où il avait observé la petite voiture de sport bleue et nota que celle-ci manœuvrait à la hâte pour se dissimuler dans une allée contiguë. Il fit un zoom avant pour en obtenir un gros plan et déclencha une séquence d'enregistrement puis s'adressa à Blancanales :

— Mets-toi au volant et prépare-toi à te replier. Toi, Gadgets, essaie de voir ce que fait cette fille dans la voiture.

— Et toi ?

— Je leur file le train.

Déverrouillant la portière blindée du van, il sauta au sol et entreprit de dételer la Corvette gris métallisé accrochée à l'arrière. Trente secondes plus tard, il lançait son bolide sur le chemin de terre pour rejoindre la route goudronnée située en contrebas. Il retrouva facilement le cortège de la Mafia qui roulait maintenant à une allure plus modérée en direction de Los Angeles, accéléra jusqu'à se trouver à deux cents mètres du véhicule de queue et se maintint à cette distance.

Bientôt, une voiture bifurqua pour emprunter une route oblique puis, deux minutes plus tard, une autre s'engagea sur une bretelle donnant accès au San Diego Freeway. Il n'en restait plus que quatre qui poursuivaient en direction du centre-ville.

Bolan réfléchissait tout en continuant de filer le reste de la « famille » Lippi. Son nouveau blitz californien avait été déclenché par un appel de Harold Brognola, le haut fonctionnaire du Justice

Department et ami de l'Exécuteur, alors que ce dernier rentrait à peine d'Europe.

— Tu te souviens de Jim Brantzen? lui avait sans préambule demandé Brognola.

Si Bolan s'en souvenait? Comment aurait-il pu oublier un tel nom et un tel visage? Il avait connu le médecin Jim Brantzen dans l'enfer du Sud-est asiatique où celui-ci avait monté une antenne chirurgicale pour essayer de rafistoler avec des moyens de fortune les blessés qu'on lui amenait quotidiennement du front. Jim avait été en son temps un être remarquable, au grand cœur, et dévoué à la cause humaine. Seulement, la Mafia l'avait tué après lui avoir fait subir les pires tortures pour l'obliger à donner le nouveau signalement de Bolan. C'était lui, en effet, qui avait refait le visage de Bolan grâce à la chirurgie esthétique, vers le début de sa guerre contre le Crime Organisé, lui procurant ainsi un masque de combat anonyme pour qu'il puisse se relancer dans une nouvelle campagne dévastatrice. Déjà, avant cette époque, Brantzen connaissait la spécialité de Bolan. Il savait que l'homme avait été programmé pour tuer, qu'il était un assassin militaire, et il savait aussi comment il avait mérité qu'on le surnommât « l'Exécuteur ». Certes, il désapprouvait la violence sous toutes ses formes, ayant voué sa carrière au respect de la vie, mais il pouvait comprendre les motivations de Bolan et même l'admirer. Il l'avait vu trop souvent affronter la mort en face, et il avait vu aussi la douleur immense au fond de ses yeux lorsqu'il ramenait un enfant blessé à travers la jungle. Il savait qu'il n'y avait pas chez lui de panache, de faux courage,

38

c'était un soldat faisant un boulot de soldat et l'accomplissant avec bravoure et conscience.

C'était pour cette raison qu'il avait accepté de transformer le visage de Bolan malgré le sang que celui-ci continuait de faire couler dans son sillage. Pour lui, Bolan était toujours un soldat, un combattant. Tout cela, Brantzen l'avait confié pudiquement à l'Exécuteur pendant les préparatifs de l'intervention de chirurgie esthétique, lui expliquant également qu'il était au courant des recherches lancées contre lui par la racaille des *amici*. Et, malgré les risques personnels qu'il encourait en aidant l'homme le plus recherché du pays – par les flics et la Mafia – il avait réalisé l'opération. Et puis les charognards lui étaient tombés dessus peu après le départ de Bolan de sa clinique.

Bien sûr qu'il se rappelait Jim Brantzen, le chirurgien au grand cœur.

— Qu'est-ce qui se passe, Hal ? avait-il demandé à Brognola.

— Il avait une fille. A l'époque où il a été tué, elle était toute jeune et débutait des études de cinéma à Los Angeles.

Bolan s'en souvenait, bien qu'il n'ait jamais vu la fille du chirurgien. A présent, elle devait avoir dans les vingt-six ou vingt-sept ans et avait sans doute débuté depuis quelque temps une carrière d'actrice.

Le super-flic avait précisé :

— A la suite des événements que tu as connus, elle a changé de nom. Deborah Batistelli, et son pseudo pour l'écran est Debbie Manson. Un oncle s'est occupé d'elle après la mort de Jim. C'est par lui que j'ai appris qu'elle a disparu depuis neuf jours.

— Comment ça, disparu?

— D'un seul coup, l'oncle n'a plus eu aucune nouvelle alors qu'elle venait d'être engagée dans une production à Hollywood pour une série de films télévisés. Il s'est inquiété, s'est même déplacé et a questionné pas mal de monde, mais tout ce qu'il obtenu comme réponse, c'est qu'elle est sur un tournage spécial en Europe. Ça lui a semblé plutôt louche et il m'a passé un coup de fil.

— Tu le connais bien?

— Assez bien, je l'ai rencontré plusieurs fois après ce qui est arrivé à Jim. C'est un type propre, hors de tout soupçon.

— Qu'est-ce qui te fait penser qu'elle n'est pas réellement sur un tournage en Europe?

— D'abord, ce n'est pas son genre de faire la morte. Pour elle, le tonton a pratiquement remplacé son père. Ensuite, un bruit court du côté d'Hollywood. Il paraît que les *amici* recrutent des filles dans le milieu du spectacle pour les lancer sur un travail très spécial.

— Tu peux m'éclairer un peu, Hal?

— Je n'ai que des informations assez vagues, mais il semble qu'il s'agit d'une grosse combine avec des aboutissements politiques. D'emblée, on ne voit pas le rapport avec le cinéma, mais je suis prêt à parier n'importe quoi qu'il y en a un. Est-ce que tu peux faire quelque chose pour cette gosse, Mack?

— Le nom de la production?

— Ça s'appelle Starlight and Co. Le directeur est un certain David Feldtham, d'origine italo-juive. Renseignements pris, ce ne serait qu'un homme de paille. Il y a des *amici* dans le coup au niveau du conseil d'administration.

Bolan avait pris une décision rapide. L'affaire d'Hollywood s'annonçait intéressante et, de plus, il devait bien ça à la mémoire de Jim Brantzen.

— O.K. Je vais faire un tour là-bas, avait-il répondu.

Brognola lui avait communiqué quelques renseignements complémentaires concernant la nouvelle implantation de la Mafia locale. Mais ce n'était pas tout. L'agent fédéral avait ajouté :

— Autre chose, Mack. L'*amico* de Philadelphie s'intéresse de très près à la combine californienne.

Il voulait parler du sénateur mafioso Neal Townsend – alias Augie Marinello Junior – l'homme qui, depuis quelque temps, faisait tout pour fédérer les activités clandestines de la Mafia sur le plan national afin d'en devenir le maître absolu.

— Jusqu' à quel point a-t-il mis son nez là-bas ?

— Paraît qu'il a déjà envoyé des pions sur place pour prendre le contrôle du mécanisme, et que des troupes de renfort vont bientôt les rejoindre.

Et voilà ! Il fallait s'y attendre. Les cannibales de la côté Est avaient flairé la bonne aubaine et se précipitaient sur les frangins de l'Ouest pour tenter de dévorer leur festin dégueulasse. Du grand classique, en somme. Dans une organisation dominée par la convoitise, la haine et la méfiance, ça n'avait rien d'étonnant ; les perpétuelles guerres entre les familles en étaient le témoignage. Et, déjà, Giorgio avait vomi son âme pourrie à Satan...

Bolan avait très envie de voir de quelle façon les séides de Marinello allaient tenter d'accaparer le gros gâteau. Il en avait pourtant une certaine idée.

Dans l'immédiat, en tout cas, il s'agissait de jeter un coup d'œil sur la Starlight & Co. Ben Calhoun alias Benedetto Caldara y était producteur exécutif. Ça ne pouvait pas mieux tomber.

CHAPITRE IV

Depuis son arrivée à L.A., l'Exécuteur s'était tenu à l'écoute des bruits circulant dans le Milieu. On discutait évidemment beaucoup de la disparition du *capo* et quelques mots semblaient revenir sur le tapis comme un leit-motiv : « le Carrousel californien ». Bolan avait déjà entendu ça des années auparavant au cours de sa guerre éclair aux Caraïbes[1].

Y avait-il un rapprochement à faire? Quelqu'un avait-il repris l'idée à son compte? Le très proche avenir apporterait sûrement une réponse. En attendant, il fallait coller aux fesses des *amici* des deux bords et essayer d'apprendre un maximum de choses sur le fonctionnement de la magouille avant de participer à la partie vicelarde.

La veille encore, Bolan ne savait pas très bien par quel bout entrer dans la danse de la nouvelle affaire californienne. Il lui manquait trop d'éléments. Il s'était donc résolu à attendre un peu, examinant avec attention les individus qui gravitaient dans le proche entourage du *capo*, puis à faire une appari-

1. L'Exécuteur n° 10, *Châtiment aux Caraïbes*.

tion au culot en se faisant passer pour un émissaire de New York, afin de glaner un maximum de renseignements en un minimum de temps. Un jeu risqué mais qu'il connaissait bien, compte tenu de la psychologie tordue de la Mafia et du cloisonnement de sa hiérarchie.

Mais voilà que quelqu'un le devançait. Une sorte de prestidigitateur s'était amené et avait pratiquement pris tout le monde sous son contrôle avec un aplomb phénoménal. Frank Attia, bien sûr, n'était pas l'envoyé de la *Commissione*. Il n'était qu'un des membres occultes d'une funeste fraternité réinstaurée par Augie le Machiavélique. Une carte noire. Un As de pique dont le pouvoir était équivalent à ceux qu'avait formés à une époque révolue l'ex-boucher de Philadelphie, alias Marinello père. Et Frank jouait un coup de poker, n'hésitant pas à alerter les membres de la famille Lippi au sujet de l'Exécuteur qu'il désignait comme le grand responsable de tous leurs maux. C'était à en crever de rire, mais Bolan n'avait pas du tout envie de se marrer. Il lui tirait un sacré coup de chapeau pour la façon dont il s'était parachuté dans le système Lippi. Ce faisant, jouant avec la trouille quasi légendaire des *amici* de voir la « Combinaison noire » mettre son nez dans leur business, l'As noir avait réussi à détourner l'attention et conquis son auditoire improvisé. Mais la tâche qui lui était dévolue ne consistait sûrement pas seulement à mystifier la clique locale. Attia était un tueur, un spécialiste envoyé sur place pour liquider les pions gênants afin que le seigneur de la côte Est puisse placer les siens. Pour réussir ce coup, Augie Marinello devait

44

forcément bénéficier de complicités au sein de la *Commissione*.

En fait, cela arrangeait plutôt Bolan. Du moins pour un temps. Une méthode qu'il avait souvent utilisée consistait à semer la zizanie parmi les mafiosi puis à les dresser les uns contre les autres en faisant jouer leur méfiance quasi atavique.

Mais cette fois il y avait trop de monde en jeu. En plus des prétendants au trône vacant, de Frank Attia et de l'équipe qu'il avait amenée avec lui, il fallait aussi compter avec tous ceux qui s'étaient empressés d'accourir de toute la région Ouest et dont Bolan avait noté la présence aux obsèques : des associés de Giorgio ayant la responsabilité de diverses filières de stups, des petits copains de Vizzini, de Magione et de Lucky Valone que ces derniers avaient fait venir pour tenter de remplacer les hommes en place de l'ancien *capo*, plus quantité de petits rongeurs et de charognards de tous crins, avides des restes que les gros pouvaient laisser traîner sur le terrain. Un grenouillage ahurissant d'individus crépusculaires à l'appétit féroce, dont les regards s'étaient braqués sur la scène californienne.

Le mieux était donc de tenter de rassembler tout ce beau monde et c'était la raison pour laquelle l'Exécuteur avait choisi de donner à Frank un petit coup de pouce grondant et ravageur. Ainsi, il le confortait dans son rôle de bon samaritain venu aider les copains à se défendre contre le grand méchant loup.

Maintenant, donc, il fallait les serrer de près et observer de quelle façon les gros bonnets allaient opérer le partage de l'héritage immonde.

Bolan aperçut soudain la voiture de Ben Calhoun qui lâchait le convoi pour s'insérer dans le boulevard Santa Monica. Instinctivement, il choisit de le suivre.

Les bureaux de la Starlight & Co étaient situés dans Hollywood et occupaient le second étage d'un immeuble contigu à celui des productions Warner Bross. Ben Calhoun y était entré en coup de vent en compagnie de ses gardes du corps, deux impressionnantes armoires à glace aux visages brutaux. Il avait fait entrer ceux-ci dans une pièce où il les laissait habituellement en attente, puis s'était enfermé dans son bureau capitonné et avait commencé à distribuer une série d'appels téléphoniques.

Il en était à son troisième. Le correspondant qu'il avait au bout du fil semblait ne pas très bien comprendre ce qu'il lui expliquait.

— Ecoute, Tom, je ne peux pas t'en dire plus au téléphone mais essaie de piger la situation. On en a pris plein la gueule en quelques secondes. Pour moi, y a pas de doute, c'était bien la grande pute... Quoi? Tu dis que ça pourrait être un coup de... Non! Quelqu'un qui arrive de l'Est nous l'a confirmé. Alors tu vas rameuter tous tes gars et leur dire de se planquer illico. Tant que ce fumier est dans le coin, on met une sourdine, t'as compris? Je veux aussi qu'il n'y ait plus aucun contact avec les nanas pour l'instant. On ferme les portes, quoi! Toi, tu vas aussi te foutre au vert chez Jo et tu n'en décarres pas avant que je t'appelle.

Il raccrocha, ferma les yeux, puis se massa doucement les paupières, comme pour effacer une vision cauchemardesque. Quand il les rouvrit, il entendit la voix de sa secrétaire qui l'appelait par l'interphone :

— Monsieur Calhoun?

— Ouais!

— Une personne vous demande. Il précise que c'est urgent.

— J'avais demandé qu'on ne me dérange pas! cracha-t-il. Qui c'est?

— Ce monsieur dit qu'il vient de la part de... de qui vous savez.

Calhoun grimaça, puis lança :

— Bon. Faites-le entrer.

Tout de suite après, il appuya sur un autre bouton de l'interphone et appela :

— Vous êtes là?

— Ouais, fit une voix rocailleuse. Vous avez besoin de nous, patron?

— Pas pour l'instant. Mais bougez pas, hein?

Il se rongea l'ongle du pouce tout en se demandant pourquoi ses associés venaient le faire chier alors qu'il avait déjà d'énormes soucis en tête. Puis il se composa un visage amène quand la porte capitonnée s'ouvrit pour laisser entrer un type de grande taille vêtu élégamment de sombre. Il portait des lunettes à verres teintés et une gourmette en or au poignet gauche. Calhoun ne l'avait jamais vu mais ce gus lui rappelait vaguement Frank Attia dans sa silhouette et dans sa façon nonchalante de se mouvoir.

— Benedetto Caldara, c'est vous? questionna

l'arrivant d'une voix neutre en s'asseyant d'une fesse sur le bord du bureau.

— Oui, fit Calhoun en essayant de faire bonne figure.

Au fond de lui-même, il était à la fois furibard et plutôt tendu à la perspective de la tournure que pouvait prendre la discussion. Il avait envie de dire à ce mec d'ôter son sale cul de son bureau et d'aller se faire foutre, mais une trouille subite le retint. Il avait compris ce que signifiait la question qui venait de lui être posée. Ce gus était un tueur, il en était sûr. Ça se dégageait de lui comme une odeur de putois. Et il lui avait posé cette question pour être certain de ne pas se tromper, comme cela se fait toujours en pareil cas. Bon Dieu, pourquoi est-ce qu'on venait lui chercher des crosses? Peut-être quelqu'un avait-il fait le rapprochement entre les événements et le rôle de Ben dans les affaires en cours.

Un rôle? Il allait sans aucun doute devoir en jouer un devant ce sale con s'il voulait s'en tirer indemne. D'un ton enjoué, il demanda :

— Qu'est-ce que je peux faire pour vous?

— Appelez vos deux gorilles, répliqua tranquillement le visiteur en allumant une cigarette.

Ce simple geste rassura quelque peu Ben, mais la demande lui sembla insolite.

— Vous voulez que je les fasse venir ici, dans mon bureau?

— Ouais.

— Je ne comprends pas...

— Vous comprendrez dans quelques instants, fit le grand type sur le ton de la confidence.

48

En fait, Ben trouva que c'était bien mieux ainsi. Il se sentirait plus à l'aise en présence de ses gardes du corps. La visite de ce mec était sûrement due à ce qui venait de se produire dans la maison de Giorgio...

Il tapota l'interphone et ordonna :

— Ramenez-vous, les gars. Relax, hein !

Il ne s'écoula pas plus de dix secondes avant qu'apparaissent les deux mastodontes qui jetèrent aussitôt des regards circonspects sur le visiteur.

Celui-ci les observa froidement et fixa ensuite le producteur mafioso :

— J'avais simplement besoin d'une démonstration, Ben. Tes deux porte-flingues sont trop lents.

Subitement, Calhoun eut la sensation qu'une main glacée lui étreignait la nuque. Etait-ce le tutoiement qui intervenait à l'improviste ou une intuition spontanée ? Il fut incapable d'en décider et chercha à adopter une contenance. Mais dans l'instant qui suivit, il y eut un imperceptible mouvement de la part du visiteur, comme une magie invraisemblable, et deux chuintements rauques, presque confondus, se firent entendre.

Les yeux exorbités, il vit le nez d'un de ses sbires se transformer en un magma sanguinolant, son regard chavirer, et son immense corps se tasser sur lui-même. Le front de l'autre s'étoila comme un pare-brise, une lugubre fleur pourpre lui envahissant spontanément la face, et ses yeux roulèrent un instant en tous sens tandis qu'il s'effondrait sur la moquette.

Ben était resté cloué sur place, incapable de la moindre réaction. Un tiraillement douloureux lui parcourut l'estomac et il sentit ses jambes fléchir sous lui. Bon Dieu, ce qui venait de se passer n'était pas vrai! C'était un rêve à la con dont il allait vite fait se sortir!

Ses oreilles bourdonnaient et un ignoble mal de ventre commençait à lui tordre les tripes. Dans l'apparente irréalité de la scène, il eut un regard horrifié vers les cadavres de ses gardes du corps dont le sang s'échappait comme d'une fontaine, pissant sur la moquette qui le buvait goulûment. Il battit plusieurs fois des paupières pour tenter de chasser ce qu'il prenait encore pour une hallucination morbide. Mais la vision était hélas bien réelle, abominablement présente. Il sentit sur sa joue quelque chose de chaud et poisseux, voulut l'ôter d'un revers de main et poussa un petit cri en observant ses doigts rougis de sang, desquels pendait un filament visqueux et blanchâtre.

Et le grand salaud, maintenant, avançait doucement vers lui comme un cauchemar vivant, son flingue prolongé par un gros silencieux pointé sur lui. Les jambes de Ben eurent une faiblesse, lâchèrent d'un coup et il se retrouva à genoux par terre. Puis il sentit le canon encore tout chaud s'appuyer sur sa tempe. Alors, du fin fond de sa trouille, il s'entendit implorer miséricorde. C'était comme si sa propre voix sortait d'un tunnel, suppliante, misérable.

— C'était ça, la démonstration, dit Bolan d'une voix aussi froide que la Mort. Je voulais te faire comprendre que tu n'as aucune chance, que ta peau de merde ne vaut plus un clou. Tu as eu tort d'essayer de nous baiser, Ben. T'es un foireux.

Mais je vais quand même te laisser une toute petite chance de vivre encore un peu. Tu écoutes?

— Tout ce que vous voudrez, gémit l'oiseau de proie dont les gros sourcils s'étaient rejoints sur sa face contractée. Oui, je ferai tout ce que vous voudrez, mais me flinguez pas!

Les yeux injectés de sang, il louchait désespérément sur le sinistre flingue dont le canon lui martyrisait la tempe.

— Tu as trois secondes pour réfléchir à la façon dont tu vas me répondre, dit encore Bolan. Au premier mensonge, j'appuierai sur la détente et ta cervelle ira éclabousser les murs. Et dis-toi que je saurai exactement quand tu mentiras. C'est clair?

Ben Calhoun battit deux fois des paupières en s'efforçant de maîtriser la trouille ignoble qui lui fouaillait les entrailles.

CHAPITRE V

— Tu sais qui je suis et pourquoi je suis venu ?

— Je... Vous êtes... Vous êtes un envoyé du conseil... C'est ça ?

— C'est moi qui pose les questions, Ben. Explique-moi de quelle façon toi et tes copains vous avez trahi Giorgio.

De grosses gouttes de sueur avaient jailli du front de Calhoun qui répondit d'une voix étranglée :

— C'est pas moi. Moi, je fais que... que marcher avec lui.

— Tu commences bien mal. Tâche d'être plus explicite, fit Bolan en augmentant la pression du Beretta sur la tempe du minable. Je connais déjà les noms, mais je veux te les entendre dire.

— Angelo a fait pression sur moi pour monter cette opération. Vous comprenez, avec Aldo...

— Aldo Mantegna ?

— Oui... Aldo et moi, on marchait la main dans la main avec Giorgio, bien sûr.

— Continue et magne-toi. Vous marchiez dans quelle combine avec Giorgio ?

— Ben, euh... C'était cette affaire de nanas

qu'on formait pour les gros mecs, vous devez être au courant... Jusque-là, y avait aucun coup tordu. Toutes ces filles étaient consententes.

— Tu te fous de ma gueule?

— J'vous jure que oui. Enfin, j'veux dire, bien sûr que je me fous pas de vous. Ces gonzesses finissent toujours par accepter, même si certaines font des manières au début. D'ailleurs, elles gagnent beaucoup de fric sur ces coups. Beaucoup plus que sur des tournages merdiques.

— Tout allait donc pour le mieux dans le meilleur des mondes, quoi!

— Ouais. Jusqu'à ce que ce gros fumier d'Angelo vienne foutre sa merde.

— Il s'est servi de toi? demanda Bolan d'un air faussement compatissant.

— Vous parlez! Il est dans le business du cinoche à grand rendement. Il produit des tas de films qu'il revend ensuite à la MGM et à la Warner en faisant de gros bénéfs. Mais ça lui suffisait pas, il voulait tout bouffer. Et puis, vous savez, il a jamais pu blairer Giorgio, bien qu'ils soient demi-frères.

— Tu allais me dire de quelle façon il t'a utilisé.

Calhoun loucha sur le Beretta qui lui vrillait douloureusement la tempe, enchaîna :

— Ouais... Il est venu me trouver confidentiellement et il m'a dit qu'il était au courant de nos affaires, que ce serait bien qu'on le mette dans le coup. En contrepartie, il apportait un gros paquet de pognon pour développer le business à un échelon national.

Le minable producteur de la Mafia était brusquement devenu volubile, essayant de sauver sa peau en rejetant les responsabilités sur ses comparses.

— Ça s'est passé il y a environ trois semaines. J'ai arrangé un rendez-vous avec Aldo et Angelo, mais Aldo l'a carrément envoyé se faire foutre. Enfin, c'est la réaction qu'il a eue devant moi et j'ai cru que leurs contacts s'arrêtaient là. Seulement...

— Oui?

— Ils se sont revus en douce. Je n'ai pas pu entendre ce qu'ils ont manigancé, mais je suis certain qu'Aldo a finalement accepté l'offre d'Angelo.

— Qu'est-ce qui te fait croire ça?

— Aldo venait de bouffer les trois quarts d'un budget placé dans la société par Giorgio pour augmenter le rendement des affaires en cours. Il ne savait pas que j'étais au courant, mais je commençais à me méfier et je me suis aperçu qu'il y avait un trou de trois millions de dollars dans la caisse. D'après ce que je sais, Aldo a monté une affaire personnelle, en parallèle, et il comptait combler le vide en quelques mois, sans que personne sache rien. Mais il a été pris de court par la décision de Giorgio qui voulait étendre tout de suite les marchés. Il y avait des commandes importantes en cours.

Un froid sourire étira les lèvres de l'Exécuteur.

— Donc, selon toi, Aldo est tombé d'accord avec Angelo sans que le patron le sache?

— Evidemment!

— Alors, tu t'es dit que tu avais un bon moyen de pression sur lui, pas vrai? Et tu as commencé à le travailler au corps...

— C'est pas exactement ça.

— Alors quoi?

— Y avait Jacobi, aussi.

— Raconte.

— Je comprends pas comment il a pu connaître la combine entre eux, mais il l'a su. Et lui aussi, il est venu me trouver pour me convaincre de lui donner des renseignements sur le déroulement des affaires.

— Tu es décidément très demandé pour un petit mec aussi minable.

— Vous avez raison, je ne suis qu'un pion sans importance sur l'échiquier qu'ils manipulent. Mais je suis assez bien placé, j'ai une position-clé, vous savez...

— J'en suis convaincu. Et je suis certain aussi que tu vas pouvoir me dire qui a liquidé Giorgio.

— Ça, je vous jure que j'en sais vraiment rien! couina Calhoun en roulant des yeux.

— Tu n'en as pas une petite idée?

— Ça pourrait être n'importe qui d'entre eux. En tout cas, je suis pas dans le coup, vous pouvez me croire. J'avais aucun intérêt à ce que Giorgio disparaisse, bon Dieu! Au contraire, je m'entendais parfaitement avec lui.

— Ne me raconte pas de salades, Ben. Tout le monde sait qu'il te traitait comme une merde.

— Comment vous savez ça?

Bolan ricana.

— Je sais beaucoup de choses que tu ne connais même pas. Je te pose des questions seulement pour comprendre à quel point tu es mouillé, et ce que j'entends me donne envie de gerber. Dis-moi de quelle façon Giorgio est mort. Donne-moi des détails.

56

— J'y étais pas quand ça s'est passé. C'était dans un resto italien où il croûtait quelquefois le soir. On m'a raconté qu'il s'est levé pour aller pisser. Ça a duré assez longtemps et un de ses porte-flingues est allé voir s'il s'était pas fait un nœud à la queue. Il l'a trouvé allongé dans les chiottes avec de la bave aux lèvres. Paraît qu'il a été empoisonné avec de la strychnine. Il y avait des traces de lutte dans les cagouinces, on lui a certainement fait ingurgiter le poison de force.

— Tu crois qu'il aurait accepté du poison si quelqu'un le lui avait gentiment demandé? fit Bolan avec un petit rire sinistre.

— J'voulais dire que c'est sûrement pas dans son assiette qu'on lui a mis le truc. Ça pourrait vouloir dire que ceux avec lesquels il dînait étaient dans le coup. Enfin, je sais pas vraiment. C'est difficile d'affirmer...

— Et qui était avec lui?

— Il y avait Lucky Valone, Jacobi et ce bâtard d'Orlando.

— Pourquoi bâtard?

— Je croyais que vous étiez au courant.

— Fais comme si je n'y étais pas.

— Orlando est un peu un cas spécial. On dit que Giorgio l'a eu avec la première bonne-femme d'Angelo qu'il se farcissait au temps où le gros a passé deux ans en taule. Une ancienne vedette de cinéma super bien roulée. Pendant toute la durée où elle était en cloque, il s'est arrangé pour la mettre au vert.

Ben Calhoun risqua un ricanement qui ressembla à un hennissement de cheval effrayé.

— Fallait évidemment pas que la grosse gonfle le sache. Ensuite, Giorgio a fait croire qu'il avait adopté un moutard parce que sa propre femme ne pouvait pas en avoir. Et il tenait à assurer sa descendance. Moi, je suis sûr qu'Angelo le sait, ou du moins qu'il s'en doute. C'est sûrement pour ça qu'ils pouvait pas se blairer.

C'était en effet une information que Bolan ignorait et qui pouvait avoir son importance dans le développement de la situation. Ainsi, le fils de Giorgio était né de la femme d'Angelo Lippi, ce dernier n'étant que le demi-frère du *capo* dont l'épouse était soi-disant stérile. Angelo était plus ou moins au courant, haïssait Giorgio tout en lui passant occasionnellement de la pommade, le trahissait à travers ses hommes, tandis que le fiston les regardait faire en se marrant et en passant son temps à sauter toutes les putes de la Cité des Anges.

Quelle famille !

Mais, dans tout cet embrouillamini, personne ne paraissait savoir qui avait tué ou fait tuer le boss. Mieux, sa mort semblait arranger tout le monde.

Bolan changea brusquement de sujet :

— Vous filmiez en douce les ébats des gros bonnets avec ces filles ?

— Pas toujours. Ça dépendait des cas et de ce que Giorgio voulait en faire. Vous voyez ?

L'Exécuteur voyait très bien de quoi il retournait. Les petites séances de tournage en catimini n'intervenaient que lorsque l'opération devait déboucher sur un chantage, dans le cas d'un « client » peu facile à manipuler. Il se pouvait même que les bobines soient ensuite revendues à des filières de cinéma porno. Il n'y a pas de petits profits!

— Parle-moi de Flipper, questionna-t-il encore.

— Max Flipper Donovan?

— Tu es sourd?

— Lui, il n'a rien à voir avec ce qui se passe ici. C'est l'homme à tout faire de Jacobi.

— C'est pas ce que je te demande. Il était avec Giorgio quand il est mort?

— Non. C'est un mec plutôt rangé et même casanier. On le voit rarement, on sait seulement qu'il existe et qu'il est à la botte du conseiller.

— Et Frank Attia, dans toute cette merde?

— Qu'est-ce que vous voulez que je vous en dise? fit Calhoun en paraissant reprendre du poil de la bête. Je l'ai vu pour la première fois tout à l'heure.

— Je te demande ce que tu en penses.

A mesure que les questions tombaient, Ben reprenait confiance. Il se disait que la situation s'annonçait un peu moins noire que prévu. Un coup d'œil vers les corps ensanglantés de ses deux gorilles, pourtant, lui fit avaler sa salive de travers. Il toussota, réfléchit pendant quelques secondes et répondit d'une voix rauque :

— J'aime pas spécialement ce mec. Comme ça, je sais pas trop pourquoi, mais il me fait l'effet d'un vicieux, d'un gus qui respecte rien et qui joue un drôle de jeu. Un peu comme... comme...

— Un peu comme moi, non?

— C'est pas ce que j'ai voulu dire! se rebiffa le mafioso bavard. Vous, on sent tout de suite que vous êtes un type réglo. Vous êtes sûrement un dur de dur, mais vous faites votre boulot. Est-ce que vous voulez savoir autre chose ?

— Relève-toi, maintenant, et regarde.

Ben se releva, les jambes encore flageolantes, et regarda le coin de son bureau que le grand fumier lui avait désigné d'un mouvement de tête. Il soupira puis il eut soudain un air horrifié en découvrant un petit enregistreur de poche dont la cassette laissait dévider lentement sa bande magnétique.

— Bon Dieu ! Merde, vous avez enregistré tout ce que j'ai dit ?

— Depuis que tu as commencé à casser du sucre sur le dos de tes copains, fit Bolan avec un ricanement.

— Mais pourquoi ?

— Ça ne te semble pas évident ?

— Putain ! Vous n'allez quand même pas leur faire entendre ça ? J'ai été réglo avec vous et...

— Tu n'es pas un type réglo, Ben. Tu es simplement un petit salaud mort de trouille.

— Je peux encore vous être utile. Mais si jamais ils entendent ce truc, vous savez ce qui va m'arriver.

— Je ne vais pas forcément utiliser cet enregistrement, ça dépendra de toi.

— Faut que tout ça reste entre nous, articula péniblement Calhoun qui s'était imaginé un instant avoir tiré son épingle du jeu.

— Tout à fait d'accord. Alors voilà le marché. Tu la fermes, tu évites de raconter des conneries à droite et à gauche et tu continues de vivre à peu près tranquillement.

— Ouais, ça, vous pouvez compter sur moi. Je serai muet comme une huître.

— T'as intérêt, Ben. A partir de maintenant, on marche la main dans la main comme de braves copains. On vivra ou on crèvera ensemble. O.K. ?

— Soyez tranquille, je suis pas con au point de...

Il fut interrompu par la sonnerie du téléphone sur son bureau. Bolan arrêta le petit magnétophone, l'empocha et grogna :

— Réponds. Mais fais gaffe.

Il glissa le Beretta dans son holster et prit l'écouteur tandis que Calhoun affermissait sa voix pour lancer un « allô » sec dans l'appareil.

— C'est toi, Ben ? demanda une voix que Bolan reconnut comme appartenant à Nino Jacobi.

— Ouais.

— Tu as passé les consignes à tes hommes ?

— Evidemment. J'allais partir. Tout est en ordre de mon côté.

— Bon. Tu vas planquer aussi tous les papelards qui risquent d'être ennuyeux pour toi et tu rappliques en vitesse chez Vito.

— Pourquoi ça ? s'informa Calhoun.

— T'es con ou quoi ? Après ce qui vient de se passer là-bas, personne n'est en sécurité dans son coin. Faut qu'on se protège, Ben. Tout le monde se regroupe dans cette baraque et on attend que ça se tasse.

— Je crois pas qu'on sera vraiment protégés là-bas. Tu as vu comme moi ce qui s'est passé tout à l'heure...

— Rien à voir. Personne ne pourra se planquer à proximité pour nous... enfin, tu vois ce que je veux dire. Il y aura toutes les sécurités voulues.

— Bon, d'accord.

— Magne-toi, Ben. Et surtout, pas un mot à personne.

Le producteur véreux grogna un mot d'assentiment, raccrocha et se tourna vers Bolan.

— Vous voyez que je joue le jeu avec vous. Est-ce que je peux y aller, maintenant ?

— Tu décarreras d'ici quand tu auras répondu à une dernière question.

— Allez-y. Si je peux encore vous aider...

— Tu ne vas pas m'aider, dit sèchement Bolan. Tu vas seulement cracher le morceau. Où est passée la fille Batistelli ?

— Qui ?

— Debbie Manson, si tu préfères. Et dis-toi que tu es encore en train de jouer ta peau dégueulasse à pile ou face.

— Ouais, je vois de qui vous parlez. Mais je sais pas exactement...

Il n'eut pas le temps de finir sa phrase. Une gifle colossale lui rejeta la tête de côté et il partit à reculons, s'effondrant dans un fauteuil qui se renversa sous son poids. Une myriade d'étoiles lui emplit la tête qu'il secoua comme un boxeur sonné et il se mit à respirer par petits coups.

— At...Attendez ! crachota-t-il en se massant la mâchoire. Je voulais pas...

— Où est-elle ?

— J'allais vous dire que je sais pas vraiment si elle est toujours là-bas, dans cette baraque où on les forme.

— Quelle baraque ? grinça Bolan en faisant un pas vers Calhoun qui se recula en tentant de se redresser.

— Chez Vito. La planque où Nino m'a dit de rejoindre les autres. Normalement, elle devrait y être encore. J'aurais été averti...

— Tu as dix secondes pour m'en faire une description complète, Ben. Tâche d'être explicite.

En fait, il fallut un peu plus de trois minutes pour que l'Exécuteur soit en possession d'une description assez complète de l'endroit. Mais, lorsque le mafioso eut fini de parler, il comprit que l'expédition qu'il projetait ne serait pas une mince affaire. Il allait devoir affronter une véritable forteresse, au sens propre du mot, gardée par une armée de soldats et truffée de systèmes de sécurité.

— Nettoie ton bureau de merde, boucle la porte et va rejoindre tes potes, cracha Bolan avant de se diriger vers la sortie. Et n'oublie pas. Tu dérapes une seule fois et tu es bon pour un billet sans retour.

Il quitta les locaux de la Starlight et rejoignit d'un pas rapide la Corvette qui l'attendait sagement devant l'immeuble de la Warner Bross. Il lança machinalement le moteur tout en remuant dans sa tête ce qu'il venait d'apprendre.

Ouais, l'aventure s'annonçait délicate. La Mafia prenait soudainement une gueule grimaçante et salement coriace. S'il voulait récupérer la fille de son vieil ami Jim Brantzen tué par les *amici*, il lui faudrait aller la chercher au fond de la mâchoire du fauve, briser les crocs prêts à le broyer, et affronter la puanteur innommable qui s'en dégageait.

En quelque sorte, il était responsable de cette nouvelle situation. Il avait envisagé de regrouper les cannibales. Il avait réussi. Plus tôt que prévu, d'ailleurs, et c'est ce qui le gênait dans ses plans. Mais ce n'était pas la première fois qu'il engageait une partie périlleuse et il se disait qu'il découvrirait bien la faille chez l'ennemi. L'Exécuteur était un tacticien, un soldat parfaitement rompu à toutes formes de combat sur les champs de bataille les plus difficiles. Pourtant, il en avait conscience, ses chances de réussite étaient aussi minces que le fil suspendu au-dessus du gouffre infernal dans lequel évoluaient les charognards de la Cosa Nostra et sur lequel il devrait marcher.

La chance ? Quelle foutaise ! Ce qu'il lui faudrait, c'était de la cervelle, du nerf et des tripes. Et ça, heureusement, il en avait à revendre.

CHAPITRE VI

L'Exécuteur décrocha le radio-téléphone installé à bord de la Corvette et composa le numéro de son mobil-home.

— Où es-tu? s'inquiéta-t-il dès qu'il eut Blancanales en ligne.

— Je viens de m'arrêter à Beverly Hills, j'attendais de tes nouvelles. Gadgets m'a appelé il y a à peine cinq minutes, il voulait te parler.

— Il s'est tuyauté sur la caisse bleue?

Bolan voulait parler de la fille qu'il avait aperçue dans la voiture de sport bleue, près de la propriété Lippi.

— Il a suivi son petit bolide jusqu'au centreville. C'est une journaliste de télé, elle est entrée dans un immeuble abritant le Los Angeles Broadcasting Systems, s'appelle Samantha Cramer et s'occupe surtout des faits divers.

— Une débutante?

— D'après le type avec lequel Gadgets a discuté, elle ne travaille au L.A.B.S. que depuis quelques mois, mais c'est une fonceuse qui cherche à se faire une place.

— O.K. Rien d'autre?

— Non. Je suis resté quelque temps à regarder les cendres de la propriété Lippi. Les rongeurs ont totalement vidé les lieux, mais il y a eu foule, tout de suite après. Une meute de journalistes, des équipes de Bleus et des tonnes de curieux. C'est bizarre que cette nana blonde ne soit pas restée sur place.

— Elle devait avoir eu ce qu'elle voulait, dit Bolan. Bon, démarre et attends-moi en G-17.

C'était une position déterminée par avance et codée pour les transmissions radio.

— Je suis déjà en route! lança Politicien.

Bolan le rejoignit douze minutes plus tard. Il gara la Corvette à une cinquantaine de mètres du van, dans Wilshire Boulevard, jeta un coup d'œil de sécurité autour de lui, et grimpa dans le poste de conduite.

— Tu es très demandé aujourd'hui, fit Blancanales. Alice vient tout juste de te sonner. Il demande que tu le rappelles.

« Alice » était le nom de code pour Harold Brognola à Washington.

— Au fait, ajouta Blancanales, Gadgets est resté en planque devant l'immeuble du L.A.B.S.

Bolan passa dans le module opérationnel. Il brancha le système de brouillage sur le téléphone et composa le numéro de la ligne directe de Brognola.

— Nick m'a passé un coup de fil tout à l'heure, annonça le chef d'Etat-major du Bureau fédéral. J'ai cru comprendre que tu as déjà commencé à foutre la pagaille.

Cela n'étonnait pas Bolan qui avait aperçu Nick

Rafalo dans la matinée, au cours des obsèques. La taupe fédérale était alors en compagnie d'un des lieutenants d'Augie Jr.

L'Exécuteur laissa fuser un rire bref.

— Il fallait bien un commencement... J'ai pu me faire une idée assez globale des événements. Tu aurais pu m'avertir que Nick était déjà sur place.

— Je ne l'ai su qu'au dernier moment.

— Ouais. Bon, c'est une jolie magouille qui a été montée ici et la situation est sacrément embrouillée. En bref, la mort de Giorgio attise un maximum de convoitises et il y a de savants calculs dans l'air. Ça ressemble un peu à la course à l'échalote revue et corrigée par Machiavel.

— Tu as découvert qui l'a liquidé?

— Pas encore. De prime abord, on pourrait penser qu'il a été effacé sur l'initiative d'Augie Marinello. C'est d'ailleurs logique. Un certain Frank Attia qui se fait passer pour un envoyé du Grand Conseil est sur place et leur joue comme un chef un numéro de changement à vue. C'est un artiste. Je l'ai aperçu il y a quelques heures en compagnie de Nick Rafalo et de Jo Lipsky.

— Ça confirme l'idée que je m'étais faite, dit Brognola. L'ami Augie Jr est bien décidé à faire liquider en souplesse les équipes en place. Giorgio a été le coup d'envoi.

— C'est sûr. Pourtant...

Bolan demeura silencieux pendant quelques secondes.

— Quelque chose te gêne? demanda Brognola.

— Une intuition. En fait, je crois plutôt que quelqu'un ici les a devancés en trucidant le boss.

Un drôle de malin qui a sûrement eu vent de ce qu'Augie projetait et qui s'est dit que l'occasion était à saisir, question d'accélérer le mouvement et de flanquer la merde. En tout cas, le coup a été patiemment monté depuis la côte Est... Et l'ami de Philadelphie a acheté quelqu'un sur place, un membre de la famille Lippi.

— Ça semble invraisemblable.

— Il n'y a pourtant pas de doute. C'est Angelo Lippi qui a introduit et cautionné Frank Attia dans la maison du *capo*.

— Le loup dans la bergerie...

— Tu parles de moutons!

— Chapeau! S'ils ont réussi ce coup, ça signifie qu'ils ont tout préparé longtemps à l'avance.

— Evidemment. C'est bien le Carrousel californien qui reprend, en version hollywoodienne. Cette fois, ils tentent de prendre le contrôle du pays en employant toute une armée de charme.

— De quoi? fit le chef d'Etat-major du FBI.

— Une force de séduction qu'ils ont d'abord testée sur le territoire californien et qui devrait s'étendre incessamment au plan national. Des commandos de nanas, si tu préfères. Des filles enrôlées et formées spécifiquement pour couillonner de grosses têtes de l'Administration et du gouvernement. Une prise de pouvoir par la bande, sans jeu de mots.

— C'est dingue! Des filles qui...

— Bien sûr. La corruption, la compromission et le chantage ont toujours fait partie de l'arsenal de la Mafia. Ils n'ont pas commis l'erreur d'utiliser de simples prostituées. Ils ont choisi des professionnelles du spectacle, des filles qui ont de la classe et qui ont évidemment l'habitude de jouer des rôles. De plus, c'est un peu une manie ou un snobisme chez les politicards d'essayer de tomber des actrices. La combine avait donc un maximum de chances de réussir. La preuve !

— Comment est-ce qu'ils les tiennent ?

— L'appât du gain pour certaines. Ils doivent les rémunérer grassement. La trouille pour les autres. Sans doute aussi ne comprennent-elles pas exactement la portée de ce qu'ils leur font faire. Mais je me demande combien de types détenant de hautes responsabilités sont déjà tombés dans le filet.

— Il y a de quoi en avoir la chair de poule. Heu… Est-ce que ça te paraît stupide de penser que Giorgio marchait en combine avec Augie Junior ?

— Non. C'est ce que je crois aussi. Vu de cette façon, tout est beaucoup plus compréhensible. Ils ont très bien pu monter cette affaire tous les deux, chacun à un bout du pays. Ensuite, lorsque le système a été rôdé, Marinello a sans doute décidé que ce serait idiot de partager la grosse combine. On sait à quel point il est vorace. Bien sûr, ce n'est qu'une hypothèse, mais elle tient debout. En tout cas, ses sbires vont essayer de liquider la famille Lippi en faisant retomber les soupçons ailleurs et sans trop faire de remous.

— Tu parles ! Avec la sérénade que tu leur as jouée ce matin…

— Le gars Frankie a su attraper la balle au bond. Il les a explicitement traités de cons et leur a affirmé que c'est moi qui ai trucidé leur boss. Auparavant, il avait fait installer des micros dans la baraque, vraisemblablement grâce à la complicité d'Angelo Lippi. Il a même soi-disant découvert une médaille Marksman sur le cadavre d'un soldat que j'avais liquidé un peu plus tôt. Or, je n'ai laissé derrière moi aucun indice susceptible de les aiguiller à mon sujet. L'idée était dans l'air bien avant que j'apparaisse. Pas mal, hein ?

Ce fut au tour de Brognola de rester silencieux un certain temps comme s'il réfléchissait à un problème embarrassant. Bolan entendit le claquement d'un briquet puis un bruit de souffle dans le radio-téléphone, et le chef fédéral enchaîna enfin d'un ton quelque peu hésitant :

— Maintenant... il doit être emmerdé depuis qu'il sait que tu es vraiment là-bas...

— C'est un renard. Il se sert de l'occasion et il faut avouer qu'il se démerde bien.

— Mais à présent tout le monde sait aussi que tu es là...

— Ce sera à moi de les détromper.

— Ouais, je vois ce que tu veux dire. Un jeu plutôt tordu. Tu vas réussir à t'en sortir ?

— J'espère. Le fait qu'ils soient tous en train de se soupçonner mutuellement et de monter les enchères à la trahison me donne quand même un atout. Tu connais la musique : plus il y a d'embrouilles et plus on a de chances de manœuvrer ceux qui en sont les protagonistes. Ils finissent toujours par s'emmêler les pinceaux.

— Je pense à autre chose... L'ami Augie n'est pas un crétin. Si ton intuition est bonne, si réellement quelqu'un l'a devancé en éliminant Giorgio, il va réfléchir et sans doute se dire qu'il faut laisser

70

passer un peu de temps avant de continuer le travail de déblaiement.

— Pas du tout. Ça simplifie le boulot de Frank et de ses gars et ils continueront tranquillement tout en semant le doute au sein du clan Lippi. J'ai vu Attia à l'œuvre. C'est un spécialiste de l'intox et un drôle d'opportuniste.

— Tu devrais les laisser faire! rigola tristement Brognola. Ça t'éviterait à toi aussi du boulot.

— Mes fesses! L'Organisation de Marinello est beaucoup plus coriace, efficace et vicieuse que le clan Lippi. S'ils réussissent à s'emparer du système pourri et à le développer à grande échelle, il faudra un temps fou pour leur casser les reins, et il n'est même pas certain que ce soit ensuite faisable. Je ne peux pas me permettre de rester longtemps ici, Hal, il faut que tout soit réglé dans quelques heures. Je vais donc profiter au maximum de la situation tordue.

— Tu me fous les jetons, Striker.

— T'en fais pas pour moi, j'ai l'habitude. Et puis, il faut bien mourir un jour.

— Merde, j'aime pas t'entendre parler comme ça... Au fait, tu as du nouveau au sujet de la fille de Brantzen?

— Sauf erreur, je sais où la trouver. Le difficile va être de la tirer de là. Je n'ai pas envie de ramener un cadavre sur mon dos.

— Fais pour le mieux. Est-ce que... tu aurais entendu quelque chose de spécial concernant une ramification vers la côte Est de ce big business?

— Non. Mais je ne suis évidemment pas au courant de tout. Pourquoi?

— Comme ça. C'est parfois important de savoir ce qui se passe autour de soi...

Bolan alluma lui aussi une cigarette, souffla un gros nuage de fumée en réfléchissant, puis demanda :

— Dis-moi, Hal, qu'est-ce qui ne va pas ?

Il entendit le soupir du G'Man.

— Il y a un vendu dans mon département, Striker. Un salopard qui occupe un poste haut placé et dont le bureau n'est qu'à quelques mètres du mien.

— Comment l'as-tu appris ?

— Je me doutais qu'il bouffait au râtelier de Philadelphie. C'est Nick Rafalo qui m'a mis la puce à l'oreille, il y a deux jours, quand il m'a téléphoné pour m'annoncer qu'il partait à Los Angeles. Il m'a dit qu'il l'avait vu en compagnie d'Augie et qu'ils discutaient comme deux copains. A la rigueur, on peut admettre qu'un agent fédéral de haut niveau rencontre un sénateur pour bavarder avec lui. Mais quand on sait qui est réellement le sénateur en question...

— Continue, Hal, insista Bolan en pensant qu'une réponse à l'une de ses questions n'allait pas tarder.

— Tu m'as bien dit il y a quelques instants que ce Frank était au courant de ta présence à L.A ?

— Exact. Sur ce point, je ne crois pas qu'il bluffait.

Brognola toussota à l'autre bout du fil et sa voix devint un peu rauque.

— Le bureaucrate en question était le seul à savoir que tu allais te rendre dans la Cité des Anges, Mack.

72

— C'est toi qui le lui as dit?

— Bon Dieu, non! C'est la dernière chose que j'aurais faite. Par contre, l'oncle de la fille Brantzen a tenté de me joindre téléphoniquement en mon absence. Il faut que tu saches que l'idée de te demander ce service est de lui. Il était dans tous ses états et il venait aux nouvelles.

— Et c'est ton collaborateur gangrené qui a pris l'appel, laissa tomber Bolan.

— Ouais! Le tonton a lâché l'information en toute confiance, paniqué qu'il était. Il me l'a avoué quand il a réussi plus tard à me joindre. Maintenant, ça ne fait aucun doute, l'autre fumier s'est empressé de communiquer la nouvelle à qui tu sais. Un flic fédéral vendu à la Mafia, tu te rends compte? J'en suis malade rien que d'y penser...

— Qu'est-ce qu'il y a d'étonnant à ça? fit Bolan avec un ricanement sec. Ce n'est pas la première fois. Depuis que les flics existent, il y en a toujours eu qui touchent des enveloppes. Notre société est loin d'être parfaite, Hal. Les brebis galeuses constituent une espèce en voie de prolifération, mais ça ne signifie pas pour autant que tout le système est pourri. C'est le ver dans le fruit.

Le super-flic de Washington explosa soudain :

— Je vais lui en foutre du ver dans le fruit! Je vais lui tordre le cou, à cette ordure, mais avant je vais le faire passer devant une commission et...

— Tu sais très bien comment ça se passera. Il niera tout en bloc et, s'il n'est pas trop stupide, il t'accusera de complicité avec un criminel recherché par toutes les polices du pays, ton serviteur en l'occurrence. Au besoin, il exigera la comparution du tonton en question...

— Tu as vraiment le chic pour me remonter le moral! dit tristement Brognola. Tu as une idée de rechange?

— A ta place, je verrais les choses avec plus de sérénité. Je ne toucherais pas à ce salaud.

— Ben voyons!

— Pas tout de suite, du moins.

— Je t'écoute.

— Laisse filtrer que tu as fait répandre une information bidon, que tu soupçonnes quelqu'un de ton service de refiler des tuyaux au Milieu, et que tu tiens à le confondre. Arrange-toi pour que ça tombe dans l'oreille de ce gus vendu à Augie. Mieux, même : prends-le à part et demande-lui de t'aider à trouver le salaud. Tu peux être sûr qu'il fera marche arrière et transmettra immédiatement la nouvelle information à son pote le sénateur. Et ça te mettra à l'abri un certain temps.

— Je vois... C'est plutôt tortueux mais pas idiot. Seulement, il y a un hic. Quand on apprendra officiellement ici que tu es vraiment en train de bombarder la vermine californienne, l'astuce m'explosera en pleine figure.

— Je n'ai pas l'intention d'annoncer la couleur, Hal. Cette fois, ce sera pour tout le monde une empoignade entre le clan Lippi et Marinello. D'ailleurs, si ton fédé combinard transmet effectivement le nouveau tuyau crevé, ça me rendra service.

— Un renversement de situation?

— Ouais. Je veux équilibrer les forces en présence. Je veux un maximum de dégâts de part et d'autre.

— O.K., soupira Brognola. Mais ce n'est pas

comme ça que je pourrai lui faire mordre la poussière. Et il est hors de question de le laisser continuer tranquillement ses saloperies.

— D'ici là, on trouvera peut-être quelque chose de plus consistant.

— C'est marrant, on pourrait croire que c'est l'annonce de ton arrivée à L.A. qui a décidé La Mafia de la côte Est à sonner l'opération déblaiement chez Giorgio. Tu ne trouves pas ça paradoxal que ces gus jouent tranquillement sur ce tableau en te sachant pertinemment dans les parages ?

— A priori, oui. Mais tu peux être certain qu'ils ont concocté un scénario prévoyant différents types de situations et qu'ils ont réfléchi à une façon astucieuse de se transformer en courant d'air dans le cas où le contexte commencerait à leur péter au nez.

— Ouais, admit Brognola. Tout semble se tenir. On peut même envisager qu'ils souhaitent une intervention de ta part.

— Peut-être. Avec ces mecs tordus, tout est possible. Je te l'ai dit, il n'y a pas plus opportunistes qu'eux. Et ce sont des champions de la magouille et de l'intox. Quoi qu'il en soit, les motivations sont toujours les mêmes.

— Cette fois, je te sens mal engagé, Striker. Tout ça pue l'embrouille vicelarde et le coup fourré. Pourquoi ne prendrais-tu pas un peu de recul ?

— Non. Je t'ai expliqué pourquoi. Et j'ai mon idée sur la façon dont il faut traiter ce genre de problème.

— Je peux savoir ?

— Contre-intox. Ne m'en demande pas plus pour l'instant.

— Alors va te faire foutre, espèce de kamikaze!

Bolan gloussa :

— O.K. Ciao, Hal, j'ai de l'huile à jeter sur le feu.

— Essaie de ne pas t'ébouillanter.

— Et toi, n'oublie pas le ver dans ta pomme, dit-il en raccrochant.

Blancanales fit son apparition à cet instant.

— C'était instructif? demanda-t-il en observant le visage soucieux de son ami.

— Ouais, grogna Bolan. Mais j'ai l'impression que plus j'en apprends et plus je manque de données. Programme tous les dispositifs de communication et d'enregistrements en procédure automatique, j'aurai peut-être bientôt besoin d'un duplex.

Tandis que Politicien se mettait à pianoter sur une console, il s'occupa pendant environ cinq minutes devant un ordinateur qu'il mit en liaison radio avec une banque d'information de l'Etat de Californie. Il fit défiler sur l'écran une multitude de données, les immobilisant parfois pour les comparer avec des renseignements contenus dans son propre système informatique, les analysant et les mémorisant quand ils lui paraissaient révélateurs. Puis il eut un sourire fugace et s'attarda quelques instants encore à réfléchir.

Ensuite, il passa dans le module habitable du van, ouvrit un placard et entreprit de se changer, s'habillant d'un jean et d'un blouson en cuir pour une petite virée tranquille dans le centre-ville.

La discussion qu'il venait d'avoir avec Brognola

l'avait éclairé sur plusieurs points, mais d'autres demeuraient encore obscurs, notamment en ce qui concernait une certaine jeune personne blonde qui semblait s'intéresser d'un peu trop près à la Mafia. Certes, son métier de journaliste pouvait être une explication aux risques insensés qu'elle prenait en venant braquer son appareil photo pratiquement sous le nez des gros cannibales. Mais ce n'était pas un argument suffisant. D'autant moins quand on apprenait que Samantha Cramer portait le même nom qu'un important député de Californie.

Bolan n'avait pas pour habitude de se jeter dans la mêlée sans un maximum de renseignements sur ses adversaires. Il ne misait jamais sur la chance dans l'accomplissement d'une mission. Bien au contraire, il apportait une attention très rigoureuse à l'étude de son futur théâtre opérationnel, s'attardant parfois sur des détails qui pouvaient paraître insignifiants, mais qui en fait constituaient bien souvent des éléments décisifs. Souvent aussi il se laissait guider par son instinct qui lui suggérait des possibilités que la réflexion seule ne suffisait pas à mettre en évidence, ou qui le guidait dans telle direction plutôt qu'une autre. C'était d'ailleurs à tout cela qu'il devait d'être encore en vie. Sa carrière de guerrier évoluant dans un constant climat de danger lui avait appris que la préparation méticuleuse d'un combat constitue un atout magistral. Le reste n'étant que théorie primaire.

Aussi, avant de sonner la charge, l'Exécuteur avait-il l'intention de jeter un regard attentif sur la jolie et mystérieuse tête blonde.

CHAPITRE VII

La voiture de Gadgets – une Ford noire louée la veille – était à l'arrêt à une cinquantaine de mètres de l'immeuble de la station de télévision. Mack Bolan se coula sur le siège à côté de son ami.

— Elle est toujours à l'intérieur, annonça ce dernier. Ça fait maintenant un peu plus d'une heure. Quand elle est arrivée, elle trimbalait tout un attirail de reportage, y compris une caméra vidéo. Du neuf de ton côté?

— Rien de sensationnel. J'ai eu confirmation qu'il y a une fuite à Washington. Brognola s'est fait doubler par un flic véreux de son Q.G.

— La gangrène est partout, hein! C'est en relation avec ce qui se passe ici?

— En plein.

Ils restèrent silencieux un moment, observant les abords du building, puis Schwarz fit remarquer :

— Tout ça me paraît vachement compliqué. J'ai une sale impression, tu sais...

— Chaque mission semble compliquée tant qu'on n'en possède pas tous les éléments. Mais je commence à y voir plus clair. Ça peut se résumer ainsi : Marinello se met en cheville avec Giorgio Lippi pour lancer une opération de noyautage politique. Ils utilisent des professionnelles du spectacle qu'ils convertissent en des sortes de Mata-Hari modernes. C'est évidemment Los Angeles qui a été choisi à cause de la formidable pépinière d'apprenties vedettes que constitue Hollywood. Pour Marinello, ça s'appelle utiliser le terrain. Mais on peut être sûr qu'il avait envisagé dès le départ de liquider Giorgio et ses associés dès la mise en route du système, et d'en prendre ensuite le contrôle.

— Jusque-là, c'est logique. Giorgio ne pouvait pas être l'inventeur de ce big business, il n'était qu'un petit chef de province. Mais ce que je ne pige pas, c'est pourquoi Augie Marinello n'a pas fait éliminer toute la famille d'un seul coup. Ça lui aurait été facile.

— Facile mais stupide dans son optique, ajouta Bolan. Il est intelligent et vicieux. D'une part il fallait que tout se passe sans gros remous et que personne ne se doute de son rôle, pour que le changement de main s'effectue dans de bonnes conditions. N'oublie pas qu'il fait partie de la nouvelle école de la Mafia et que c'est un universitaire. D'autre part, il est certainement loin de connaître tous les leviers de commande permettant de faire fonctionner la combine. C'est pour ça qu'il a besoin de conserver quelques gus en place, du moins pour un certain temps.

— Les spécialistes...

— Exact. Giorgio avait choisi Aldo Mantegna et Ben Calhoun pour s'occuper du montage technique de l'affaire. Lorsque ça a été fait, Augie le Renard a contacté Angelo Lippi pour préparer le terrain afin de retourner la situation en douce. Ça n'a pas dû lui être difficile, le demi-frère traître avait le profil qui convenait parfaitement pour ce genre d'emploi. Je pense même que le pion Angelo avait été programmé depuis assez longtemps. Seulement, il y a eu un os dans le système... Un gros malin a eu vent de la magouille et a interféré en prenant les devants, autrement dit en faisant trucider Giorgio avant que les hommes de Marinello puissent s'en occuper.

— Mais dans quel but ? fit Schwarz.

— On peut trouver plusieurs explications. Il se pourrait que quelqu'un ait envisagé de liquider le *capo* depuis un certain temps, pour prendre sa place évidemment, et que ça ne lui ait pas plu qu'un autre clan ait eu la même idée. Peut-être espionnait-il la famille Lippi et avait-il ainsi connaissance de ce qui se tramait. On peut aller loin comme ça dans les suppositions, mais ce qui compte c'est qu'il y a eu une interférence. C'est la faille dans la construction de l'édifice Marinello sur le territoire Lippi.

— Tu penses à qui ? fit Schwarz.

— Intuitivement, je crois que notre gros malin est Nino Jacobi.

— Le *consigliere* de Giorgio ?

— Tout juste. Ensuite, un fédé marron a susurré à l'ami Augie que j'allais venir traîner mes guêtres à Los Angeles. Alors, plutôt que se tenir temporairement à l'écart, les cannibales de la côte Est ont pensé qu'ils pouvaient utiliser la conjoncture. Aux yeux de tous les gros pontes du syndicat, c'était donc moi qui devais porter la responsabilité des événements dégueulasses. Ainsi Augie se parait d'une auréole de virginité et l'affaire était dans le sac!

— Bon Dieu, c'est à en attraper mal à la tronche! Ces mecs sont incroyablement vicelards!

— Ouais. Mais dans leur logique à eux, ça peut fonctionner, enchaîna Bolan. Leur seule erreur, c'est de se croire tout-puissants. Ils ont tellement l'habitude de manipuler les gens, de contourner les lois ou de les utiliser à leur avantage qu'ils n'envisagent jamais un échec.

Gadgets poussa un soupir.

— Et la fille de Jim Brantzen, dans tout ça, tu as réussi à avoir une indication à son sujet?

— Aux dernières nouvelles, elle serait planquée dans une forteresse soi-disant imprenable.

— Attends... Si j'ai bien compris, avec la fuite chez Brognola, les *amici* de la côte Est sont au courant que tu es venu ici pour la récupérer...

— Evidemment.

— Donc, ils t'attendent.

— Sans aucun doute. Ça fait partie du plan.

— Et tu vas...?

— Ouais. Je ne veux pas les décevoir, ricana Bolan.

— Merde! T'es complètement fêlé.

— Je n'ai jamais dit que je jouerai le jeu à leur façon.

— Te rends-tu compte que tu ne pourras pas bénéficier de l'effet de surprise? cracha Schwarz. Tu viens de me dire qu'ils t'attendent...

— Si tout se passe comme je le crois, ils ne

tarderont pas à recevoir un contre-ordre, répliqua Bolan. Une information qui créera suffisamment de pagaille pour que je puisse en profiter et...

Il se tut soudain. Les yeux toujours rivés sur l'immeuble du L.A.B.S., il venait d'apercevoir la silhouette de Samantha Cramer. La fille avait débouché rapidement du hall d'entrée et se hâtait sur le trottoir en direction de sa voiture, une Lotus de couleur bleu métallisé.

— Elle a l'air pressé, fit remarquer Gadgets. On lui file le train ou on l'intercepte ?

L'Exécuteur s'était raidi, tous ses sens subitement en alerte. Sans qu'il puisse encore définir d'où provenait le petit signal d'alarme qui carillonnait dans sa tête, il savait que le cours des événements allait subir une altération. Puis il eut conscience d'une anomalie. Une grosse Pontiac Firebird noire venait d'entrer dans son champ de vision périphérique et roulait lentement le long de la file de véhicules en stationnement. Beaucoup trop lentement.

— Lance le moteur, dit-il à Schwarz en posant machinalement la main sur la crosse de l'énorme AutoMag nickelé planqué sous son blouson.

Gadgets actionna le démarreur. Il avait compris lui aussi et son visage s'était tendu.

A présent, la fille blonde avait presque atteint la petite Lotus et commençait à la contourner pour en ouvrir la portière côté conducteur. Ce fut à cet instant que la Pontiac accéléra brutalement, stoppant tout de suite après dans un crissement de pneus à moins de deux mètres de la Lotus. Le véhicule n'était pas encore complètement immobilisé que deux hommes de forte carrure en jaillirent et se précipitèrent vers la voiture de sport. La fille ne comprit ce qui se passait qu'au tout dernier moment, quand des pognes brutales l'agrippèrent pour la traîner à l'intérieur de la Pontiac. Elle ouvrit la bouche pour crier mais son cri fut étouffé par une grosse patte qui vint se plaquer contre son visage et elle disparut à l'arrière de l'habitacle.

Le canon de l'AutoMag s'était dressé mais Bolan se sentait pour l'instant impuissant. Il n'était pas possible d'engager les hostilités sans faire courir un risque mortel à la journaliste. De plus, il y avait trop d'innocents sur le trottoir, bien trop d'automobilistes dans le flot de la circulation. Pas question de déclencher une fusillade dans ces conditions.

Curieusement, personne parmi les passants ne semblait s'être aperçu qu'un enlèvement venait d'être commis à quelques mètres d'eux. L'action s'était déroulée en souplesse, en quelques secondes. Les occupants de la limousine étaient des professionnels, des types entraînés à des opérations rapides.

Seul, un gamin en équilibre sur son skate-board écarquillait les yeux en essayant visiblement de comprendre ce qu'il avait entrevu depuis le trottoir.

— Démarre, grinça Bolan. Ne leur colle pas trop aux fesses.

La Ford frémit et se glissa gentiment dans la circulation derrière deux véhicules qui faisaient écran.

*
**

84

Elle n'en menait pas large, elle était même terrorisée et se sentait prête à s'évanouir. Un type immense au visage couvert de boutons purulents l'avait coincée sur ses genoux, l'y maintenant fermement avec son bras droit tandis que sa main gauche lui pétrissait brutalement la poitrine. Deux autres brutes occupaient aussi la banquette arrière, installés chacun à une extrémité, et un quatrième gorille était assis à l'avant à côté du chauffeur, un jeunot moustachu qui mâchouillait du chewing-gum.

Personne encore n'avait desserré les dents depuis qu'on l'avait jetée dans ce véhicule noir aux vitres teintées comme celles d'un corbillard. Samantha Cramer avait d'abord tenté de se débattre, mais l'ignoble sauvage à la face boutonneuse avait resserré son étreinte en grognant et elle s'était sentie étouffer. Et la situation lui avait alors apparu dans toute son horreur.

Jusque-là, elle n'avait fait qu'observer la Mafia de loin, à travers l'objectif d'un appareil photo ou d'une caméra vidéo, sans éprouver autre chose qu'un sentiment d'excitation. Maintenant que le contact était physiquement établi, elle ressentait toute la bestialité qui se dégageait de ces gens.

Ces types n'étaient pas seulement des durs, des gangsters comme on en voit dans les films policiers. Elle l'avait compris d'instinct, elle était en présence d'êtres anormaux, des sortes de monstres pour lesquels la vie des autres n'est pas plus importante qu'un lapin pour un chasseur. Elle ne se faisait aucune illusion : ils ne l'avaient pas entraînée avec eux pour lui demander poliment la raison de son insistance à les filmer sous toutes les coutures. Ce qui risquait de se passer la remplissait d'horreur.

Elle eut l'impression d'entendre un feulement d'animal quand le passager avant se détourna pour ouvrir enfin la bouche :

— Laisse-la respirer un peu, Bud. Faut qu'elle puisse parler.

L'armoire à glace qui se tenait à droite du boutonneux émit un ricanement rauque :

— Laisse Face d'ange s'amuser un peu avec cette pouffe, Tony, on l'interrogera là-bas.

— Ta gueule, Sam! grogna le dénommé Tony. Elle va commencer à jacter maintenant, on n'a pas de temps à perdre. Et Bud aura le droit de jouer avec le boudin si elle se montre pas suffisamment coopérative. T'as entendu, mignonne?

Face d'ange gloussa tout contre la joue de Samantha qui faillit suffoquer sous l'haleine pestilentielle.

— Hé! J'te demande si t'as entendu? cracha le passager avant.

Elle eut un petit hochement de tête terrifié et le costaud reprit :

— Bon. Première question : pour le compte de qui tu nous espionnes?

Les doigts de Face d'ange venaient d'arracher d'un coup sec un morceau de tissu et le second gorille assis à l'arrière rigola grassement.

— Putain! Elle a même pas de soutien lolos. Regardez-moi ces nichons mignons à croquer. Hé, Bud, tu nous en laisses un peu, hein!

La monstrueuse pogne s'empara d'un sein et se mit à le pétrir brutalement, arrachant une plainte à la jeune femme.

— J'te dis de la laisser respirer, Bud, merde! éructa celui qui paraissait être le chef d'équipe.

86

Puis il rigola à son tour en fixant la fille d'un air goguenard :

— Tu vois, ça c'est un tout petit aperçu de ce qui t'attend si tu veux pas jacter. Pour qui t'étais en train de faire le portrait de nos potes, ma jolie ?

Elle ferma un instant les yeux, prit une inspiration saccadée et réussit à répliquer d'une voix qu'elle reconnut à peine :

— Ecoutez, je suis une journaliste, je fais mon travail et je ne vois pas ce que vous voulez insinuer. On m'a demandé de faire un reportage sur le décès de George Lipp, alors qu'est-ce qui ne va pas ? Vous êtes des barbouzes ou quoi ?

Il y eut un soupir rauque devant elle.

— On pourrait croire que t'as pas bien compris la situation. Mais je crois plutôt que t'es une sale petite merdeuse vicelarde. On n'est pas des barbouzes, on est rien d'autre que des mecs qu'aiment pas qu'on vienne leur chatouiller les poils du cul. Bud, fais-lui comprendre qu'elle doit pas nous prendre pour des tarés.

De nouveau, Bud gloussa. Son battoir immonde lâcha le sein qu'il martyrisait pour venir se poser sur la cuisse de la fille assise sur ses genoux.

— Excite-la un peu, qu'on voie de quelle façon elle prend son pied !

Samantha sentit l'ignoble contact de la main qui s'insinuait vers le haut de sa cuisse et ferma les yeux tout en serrant les dents. Elle tenta de se convaincre qu'il ne s'agissait que d'une manœuvre d'intimidation, que les hommes qui l'entouraient essayaient de lui faire peur et que tout cela n'irait pas plus loin. Mais au fond d'elle-même, elle savait qu'il ne s'agissait pas d'une mauvaise farce. Elle avait serré la Mafia de trop près avec son attirail de journaliste, elle avait espionné le Crime Organisé, observé les êtres soi-disant respectables qui composaient cette société occulte dont faisait partie la famille Lippi. Elle avait agi à la fois professionnellement et pour des raisons personnelles, s'était crue à l'abri d'éventuelles représailles parce qu'elle avait fait confiance à son statut de journaliste. Elle avait regardé les cannibales de loin et maintenant elle les voyait de tout près. Elle respirait leur odeur de bêtes fauves, éprouvait le contact physique de leur répugnante peau sur la sienne et tout son être se révulsait à l'idée de ce qui allait suivre.

« Tu es dans la mélasse, ma vieille ! A quoi te servent maintenant les lois, les décrets qui parlent de justice et du respect d'autrui ? Où sont les hommes qui sont censés les faire respecter ? La seule loi qui règne en ce moment de folie est celle du plus fort, du plus mauvais, du plus sauvage. Et ta carte de journaliste te fait une drôle de protection, avec des brutes de cette espèce ! »

Puis il sembla à Samantha Cramer que les secondes qui défilaient duraient une éternité. Les yeux toujours fermés, les dents serrées, elle voulait ne plus penser ni aux belles théories sociales ni aux hommes qui les transgressaient. Bizarrement, malgré la brutalité de la situation dans laquelle elle était impliquée, elle se sentait devenue d'un coup une entité à part, étrangère à ce qui se passait. Bien sûr, c'était ce qu'il fallait faire ! Echapper au contexte odieux en tournant son esprit vers d'autres pensées, se souvenir de ce qu'elle avait appris durant ce stage de yoga qu'elle avait récemment suivi. Le présent n'existait plus. D'ailleurs, il n'avait jamais existé, ce n'était qu'une abstraction inventée par les hommes pour expliquer gauchement les actions accomplies entre le passé et le futur. Echapper au contexte! C'était facile quand on possédait les clés permettant d'actionner les serrures secrètes de l'esprit.

Facile d'échapper à l'horreur, à la démence et à la bestialité. Il suffisait de se réfugier dans une dimension psychique différente et ainsi n'offrir aucune prise matérielle à la souffrance. Sauf évidemment quand celle-ci devient brutalement insupportable, affreusement présente, et qu'il ne reste plus pour tout exutoire que de hurler, de se tendre comme un arc afin de se donner encore l'illusion d'échapper au déchirement qui s'empare de toutes les fibres de l'être.

Et Samantha Cramer hurla. Un long cri de souffrance jaillit de ses lèvres tandis que des doigts brutaux raidis comme des tenailles s'employaient cruellement à la travailler; tandis qu'autour d'elle des visages hilares et dilatés par des pulsions sadiques se penchaient sur sa détresse, à la manière de hyènes en train de se repaître d'un abject festin.

Et le cri de Samantha dura lui aussi une éternité. Ce fut enfin Tony qui décida que la femelle était maintenant à point pour les confidences qu'ils attendaient d'elle.

— Ça va, Bud! Laisse-lui un peu d'air.

Mais Bud, ne paraissant pas avoir entendu, poursuivait son odieuse besogne avec un sourire d'enfant dégénéré sur ses lèvres baveuses. Tony dut se pencher par-dessus le dossier de son siège et l'empoigner furieusement par la tignasse pour le faire revenir à la réalité.

— T'as compris, abruti? T'arrêtes de jouer! Tu reprendras ta pelle et ton seau quand je te le dirai.

Puis il regarda les autres, jeta un coup d'œil amusé sur le « jouet » de Face d'ange et ricana :

— T'as pigé, mignonne? Faut que tu jactes maintenant. Ça nous plaît pas des masses de te faire du mal, on n'est pas des mauvais, tu sais. Mais on a besoin de savoir. Tu veux un mouchoir?

Otant la pochette de sa veste, il la lui tendit d'un geste généreux. Samantha Cramer faillit saisir la chose vicieusement offerte, mais elle eut un mouvement instinctif de répulsion. Tony la gifla violemment, par deux fois. Il lui saisit ensuite le visage dans sa grosse patte, la força à le regarder et lui essuya les yeux avec de petits gestes faussement attentionnés.

— Tu vois, on n'est pas des mauvais. Mais faut que tu sois sympa et que tu nous causes gentiment. Je suis même sûr qu'on va finir par devenir des potes, toi et moi.

Elle eut un petit reniflement, s'obligea à soutenir le regard de hyène de Tony et fit un imperceptible signe d'assentiment. Oui, elle était à présent décidée à « causer », à leur dire ce qu'elle savait de leurs agissements, et surtout à leur faire comprendre qu'elle avait pris des précautions pour le cas où elle se trouverait dans une telle situation. Avec de tels primitifs elle avait encore une chance de se tirer d'affaire si elle s'y prenait en finesse. Il lui fallait gagner du temps, ne pas s'arrêter de parler, les convaincre de sa sincérité tout en déguisant quelque peu la vérité. Et aussi, bien sûr, ne pas leur révéler la raison essentielle de son travail, de cette folle enquête qu'elle menait depuis une semaine.

Elle pouvait arriver à les convaincre. Ce n'étaient jamais que des êtres stupides, ignobles et sans le moindre scrupule, certes, mais dont l'intelligence ne devait pas dépasser de beaucoup celle d'un orang-outang.

Oui, avec un peu de chance et beaucoup d'adresse psychologique, Samantha Cramer pouvait sauver sa vie. Du moins faisait-elle tout pour s'en persuader.

CHAPITRE VIII

— Rapproche-toi d'eux, maintenant, dit Bolan à Schwarz qui appuya aussitôt sur le champignon tout en faisant remarquer :

— Ils vont comprendre. Tu as un plan ?

— Sois sûr qu'ils nous ont déjà repérés. Colle-toi contre leur pare-chocs.

Ils venaient de dépasser Farmers Market et la Pontiac qu'ils filaient roulait en direction de Beverly Hills sur une voie parallèle au boulevard Santa Monica. C'était l'heure creuse du déjeuner et la circulation était devenue quasi nulle.

— Qu'est-ce que tu comptes faire ? insista Gadgets.

— Leur donner d'abord quelques soucis et les stopper ensuite.

— Ah ouais ? Tu vas leur demander gentiment de se garer le long du trottoir...

— Pas vraiment avec gentillesse, grinça Bolan.

— On ne sait même pas combien il y a de gus dans cette caisse. Avec ces vitres teintées...

— Comptes-en quatre ou cinq et tu seras dans le vrai. Une équipe classique pour un boulot également très classique.

Schwarz émit un soupir et ses mains se serrèrent sur le volant.

— D'accord! acquiesça-t-il en enfonçant un peu plus l'accélérateur pour venir se placer à moins d'un mètre de l'arrière de la Pontiac. Accroche-toi, mec!

Tony Navara tapota doucement le dossier de son fauteuil en observant la fille avec méfiance.

— Tu veux me faire croire que quelqu'un va alerter les flics si tu ne téléphones pas avant midi et demi? C'est bien ça?

— Exact, répliqua-t-elle en soutenant son regard. Je vous ai dit tout ce que je sais et ça se résume à peu de choses. C'est vrai que j'ai filmé certains de vos associés, mais on m'avait demandé de le faire.

— Ton rédacteur en chef, hein? Et c'est lui que tu dois rappeler? On n'en a rien à foutre qu'il alerte la bleusaille.

— Ecoutez, je peux mettre mon reportage en attente, demander qu'on diffère son passage à l'antenne. Mais pour ça, il faut m'en donner la possibilité.

Le chef d'équipe lâcha un rire bref.

— Je crois que tu nous as pas raconté toute ton histoire, ma poulette, et que tu essaies de nous mener en bateau. J'crois aussi que Bud devrait te faire chanter encore un peu.

— Hé! fit le chauffeur qui avait cessé depuis quelques instants de mâcher son chewing-gum pour surveiller le rétroviseur. Y a encore cette bagnole derrière nous, c'est pas normal.

94

Tony avait lui aussi remarqué la Ford grise d'allure très quelconque qui se rapprochait d'eux depuis quelques instants.

— Accélère un peu pour voir, ordonna-t-il au jeunot qui tenait le volant.

Le moteur de la Pontiac ronfla plus bruyamment et la Ford perdit d'abord un peu de terrain pour revenir ensuite se placer tout près d'eux.

— L'enfoiré! cracha le chauffeur. Qu'est-ce qu'il veut, ce con?

— Il est tout seul à son volant, fit remarquer un gorille qui s'était retourné vers la lunette arrière. C'est un dingue ou quoi?

Ils entendirent plusieurs coups de klaxon irritants puis Tony vit le conducteur de la Ford qui passait son bras par la portière pour leur adresser un geste obscène.

— Putain! grogna le porte-flingue assis à côté de Face d'ange. On devrait lui foutre un pruneau dans sa caisse de merde!

— La ferme! Un mec tout seul peut rien contre nous, intervint Tony. C'est seulement un connard qu'a trop picolé.

Puis il donna une nouvelle directive au chauffeur :

— Tourne dès que tu peux! On verra bien.

Deux cents mètres plus loin, la Pontiac vira sec pour s'engager dans une rue perpendiculaire tandis que la Ford grise poursuivait tout droit sa route en lançant une série de petits coups de klaxon.

— Y a vraiment des débiles! dit le chauffeur d'un ton scandalisé.

— Ouais. Bon, ralentis, on n'est pas pressés,

soupira Tony. Mais ouvre quand même les yeux, Max. On sait jamais. Tu reprendras l'axe un peu plus loin.

Il resta un moment à scruter la route, les sourcils froncés et le regard fixe, tout en se mordillant les ongles. Puis il se retourna de nouveau sur son siège et adressa un sourire fielleux à la fille que Bud tenait toujours serrée contre lui comme s'il s'agissait d'un ours en peluche.

— Je parie que t'as cru un moment que c'était ton petit ami qui venait à ton secours... Tu as bien un copain qui te baise, hein ? Tu dois même en avoir une collection, avec une si jolie petite tronche et un petit cul comme le tien. Alors si tu veux revoir tout ça, on va reprendre la discussion et tu vas rien nous cacher cette fois. Ensuite on te laissera partir. Correct ?

— Demande-lui donc ce qu'elle pense des caresses de Bud ! plaisanta grassement Sam.

Ce fut Face d'ange qui lui répondit d'une voix caverneuse :

— Va te faire foutre, Sam. Tu verras bien ce que je lui ferai quand elle aura jacté. Elle couinera comme l'autre, j'te jure !

— Tu vas la fermer, crétin ! lança méchamment Tony. T'avais pas besoin de lui dire que...

Il fut interrompu par une exclamation du jeunot qui commença machinalement à appuyer sur le frein :

— Putain ! Qu'est-ce qu'il fout, ce mec, là-bas ?

— Où ça ? répliqua bêtement Sam le rigolo.

— Nom de Dieu ! Il...il...

La suite des répliques décousues fut noyée par

une déflagration qui déchira l'atmosphère et provoqua un gros chuintement dans l'habitacle. Tony
avait juste eu le temps d'apercevoir une silhouette
immobile en plein milieu de la trajectoire de la
Pontiac. Une sorte de statue sombre dont les bras
étaient tendus dans leur direction. La vision que
Tony avait de la route se brouilla, se transforma en
une grosse toile d'araignée qui venait de se coller
sur le pare-brise. Tout de suite après, un deuxième
aboiement qui lui fit l'effet d'un coup de tonnerre
matérialisa devant lui une seconde étoile sur la
gauche de son champ visuel. Il comprit subitement,
surtout lorsqu'une partie de la cervelle du jeunot au
volant l'éclaboussa dans un nuage rougeâtre et
visqueux et vint se plaquer comme une pieuvre sur
sa joue.

Puis, poussé par le souffle de la vitesse, le pare-
brise fissuré se détacha et lui tomba sur les genoux.
Tandis que le véhicule privé de conducteur
commençait à tanguer d'un côté à l'autre de la
route, Tony aperçut la saloperie de silhouette qui
continuait de braquer une sorte de canon dans leur
direction. Dans un réflexe, il s'accroupit sur son
fauteuil alors que quelqu'un à l'arrière se mettait à
hurler :

— On va se viander, merde !

D'un revers de son bras aussi gros qu'un jambon,
Bud avait écarté la fille qui le gênait pour saisir son
flingue. Il réussit à le braquer, le fit tonner à deux
reprises, puis sa face boutonneuse se transforma
soudain en un magma sanguinolant. Sam eut la
chance de pouvoir vider le barillet de son revolver à
travers le pare-brise inexistant, tiraillant au jugé,

avant d'éprouver la sensation d'un coup de marteau qui lui broya la gorge et provoqua la désintégration de la lunette arrière. Le dernier flingueur, lui, avait passé son bras par la portière et arrosait hystériquement l'espace devant lui avec son automatique. Deux nouveaux aboiements tonitruants mirent fin à son acharnement intempestif et le clouèrent contre le dossier de la banquette.

Samantha Cramer s'était recroquevillée sur le plancher du véhicule, les bras serrés sur sa tête, complètement assourdie par le fracas des coups de feu. Le corps de Face d'ange s'était appesanti sur elle, paralysant ses mouvements. Elle eut vaguement conscience que la Pontiac partait en dérapage, qu'il y eut ensuite un choc mou suivi de plusieurs balancements de la lourde caisse, puis un dernier heurt qui lui meurtrit les côtes, et le silence soudain.

Mais elle ne perdit pas conscience. Du moins fut-ce l'impression que sa mémoire lui restitua un peu plus tard, lorsqu'elle entendit le bruit ferraillant d'une portière bosselée qui s'ouvrait. Elle sentit qu'on la tirait de sa position inconfortable et que des mains la palpaient. Pas avec brutalité, cette fois. C'étaient des gestes doux et fermes, méthodiques. Elle ouvrit les yeux, n'aperçut tout d'abord qu'une forme à l'apparence humaine à travers un brouillard pourpre, et entendit une voix grave qui lui parut venir de nulle part :

— Où est Frankie ?

Pourquoi lui posait-on une pareille question, et d'abord comment aurait-elle pu savoir qui était Frankie ? Ce ne fut que lorsqu'elle parvint à éclaircir sa vision qu'elle se rendit compte que la phrase brutale ne s'adressait pas à elle. Un type qui lui sembla immense se tenait debout devant le capot à moitié plié de la Pontiac, un pistolet invraisemblable et encore fumant à la main. Et, sur le capot, il y avait Tony. Tony ensanglanté des pieds à la tête, qui paraissait se tasser sur lui-même pour échapper à une vision horrifiante.

— Où est Frankie l'ordure ? demanda encore le géant en pointant son arme démentielle.

— Je... je sais pas..., gémit le blessé dont le visage était couvert de coupures dues à des éclats de pare-brise. Je connais pas ce mec...

— Tu ne connais pas non plus Jo Lipsky ni Jacobi ?

— Non ! J'vous jure !... Attendez... Vous avez dit Jacobi ?

— Dépêche-toi, connard.

— Oui... Je connais Nino Jacobi.

— C'est ton boss ?

— Ouais. Enfin, je suis pas maqué avec lui... Moi, je suis qu'un exécutant...

— Et Flipper Donovan ?

— Ouais, ouais ! couina Tony. Vous voulez que je fasse quelque chose à leur sujet ?

— Va te faire foutre.

Samantha Cramer entendit ensuite un bruit de moteur. Le grand type s'approcha d'elle, se pencha et la souleva comme si elle n'avait rien pesé tandis qu'une voiture grise survenait rapidement.

— Doucement, gémit-elle. Je crois... je crois que...

— Vous n'avez aucune blessure, lui assura-t-il d'une voix tranquille. Ce sang n'est pas le vôtre.

Elle tenta de le voir mieux, ressentit une bouffée de chaleur et s'évanouit dans ses bras. Bolan la porta jusqu'à la Ford conduite par Schwarz et la déposa délicatement sur le siège arrière.

— Tu viens de me foutre la trouille de ma vie, lui assura ce dernier. J'ai vu de loin comment ça se passait et j'ai bien cru un moment que tu étais touché.

L'Exécuteur lui fit un sourire un peu crispé puis décrocha le micro de la radio de bord.

— Pol! appela-t-il sèchement.

— *Roger*! se signala Blancanales à bord du char de guerre.

— Amène-toi rapidement au croisement de B-17 et K-3. C'est pour une prise en charge.

— De la casse?

— Pas en ce qui concerne la charge. Magne-toi.

— O.K., mec!

Gadgets consulta brièvement une petite feuille de bristol sur laquelle étaient inscrites diverses annotations, puis il embraya et fit doucement glisser la Ford en direction de Hollywood Freeway.

Pendant que son ami conduisait, Bolan fit un rapide tour d'horizon mental sur les nouvelles implications des événements.

Il se dit que s'il voulait mener son plan à aboutissement, il avait intérêt à se dépêcher. Logiquement, les quelques informations qui lui manquaient encore allaient bientôt tomber à sa portée et il lui faudrait les analyser au plus vite, les classer dans un ordre judicieux, puis décider des derniers détails de son action.

Tout de suite après, il lui faudrait amorcer son

blitzkrieg, foncer dans le tas et, peut-être, improviser en fonction de la conjoncture. Et il n'avait que quelques heures devant lui. Quelques heures qui lui seraient sans aucun doute fatales s'il commettait la moindre erreur.

CHAPITRE IX

Nick Rafalo était prêt à se lever de la table où il avait déjeuné en compagnie de Jo Lipsky lorsqu'une serveuse vint lui glisser quelques mots à l'oreille. Il fit un signe d'assentiment, adressa un clin d'œil à Lipsky et alla s'enfermer dans la cabine téléphonique qu'on lui désignait.

— Le banana-split était bon ? dit-on dans l'appareil.

— Fantastique, sourit-il en reconnaissant la voix.

Puis son ton devint nerveux :

— Ne me dis pas que tu me regardes en ce moment, je serais capable de te croire.

Bolan rigola à l'autre bout de la ligne.

— Non, je ne suis pas si près de toi. J'ai simplement bavardé un instant avec le personnel. Qui déjeune avec toi ?

— L'homme de confiance numéro deux de Jr, répliqua l'agent fédéral camouflé en mafioso.

— Jo ?

— Lui-même.

— Je l'ai vu ce matin en ta compagnie. Il y avait aussi Carmine Rosa.

— On ne peut vraiment rien te cacher. Au fait, ce serait sans doute bien que tu le saches : un message est arrivé tout à l'heure. Il paraît qu'il y aurait eu une fausse information et que contrairement à ce qui a été dit, un certain personnage très, très mauvais n'est pas ici.

— Le téléphone arabe fonctionne à plein pot !

— L'idée est de toi ?

— Peut-être bien. Alice était plutôt dans l'ennui à cause de ça.

— Donc, le mauvais bonhomme en noir n'apparaîtra pas ?

— Pas officiellement. C'est plus compliqué que ça, mais je n'ai pas le temps de développer le sujet.

— Moi non plus, je ne peux pas te consacrer trop de temps. Le climat ambiant est super tendu.

— Je m'en doute. Il est tendu aussi du côté des autres charognards. Tu sais où est le prestidigitateur en ce moment ?

— Tu veux parler de...

— De F... Oui.

— Normalement, il est avec ceux dont tu viens de parler, dit prudemment Nick Rafalo.

— Dans le lupanar de Fontana ?

— Ouais.

— J'ai besoin que tu me rendes un service, laissa doucement tomber Bolan.

— Je t'écoute. Si c'est possible...

— Est-ce qu'il est déjà au courant du message qui est arrivé de Philadelphie ?

— Non. C'est Jo qui l'a pris. On en a parlé il y a à peine dix minutes et on se préparait à avertir F quand tu as appelé.

— Ça tombe bien. Arrange-toi pour que ce soit toi qui lui annonces la nouvelle. Dis-lui aussi que tu veux le voir pour lui raconter quelque chose qui ne peut pas être dit au téléphone. Fixe un rendez-vous.

— Ça me paraît dangereux ton truc. Jo n'est pas un idiot, ça lui paraîtra louche. Qu'est-ce que tu comptes retirer de cette embrouille?

— Quelque chose qui me permettra de continuer la partie en souplesse.

— Bon Dieu! Tu me fais dresser les cheveux sur la tête! Ça veut dire quoi, exactement, en souplesse?

— Par la bande, si tu préfères.

— C'est ça! Tu oublies quelle est ma position ici... Je n'ai qu'un rôle d'observateur et si quelqu'un soupçonne quoi que ce soit à mon sujet, j'aurai intérêt à courir très vite et tout le travail qui a été fait depuis des mois sera complètement foutu. Je ne marche pas!

— O.K.! fit Bolan. N'en parlons plus. Je vais donc devoir m'y prendre autrement et il y aura de la casse.

— De toute façon, il y en aura sûrement avec ta manière de traiter les problèmes.

— Tout est relatif, ricana Bolan. J'aurais seulement préféré ne pas faire de publicité à mon sujet et permettre à Alice de se tirer complètement d'affaire. Si j'apparais au grand jour, c'est là que tout sera foutu. Et pour lui et pour toi.

— Comment ça?

— Réfléchis un peu à leur façon : pourquoi Alice a-t-il fait passer dans la filière officieuse une contre-information?

— Oui, je vois ce que tu veux dire. Si le vilain bonhomme en noir apparaît malgré tout, ça signifiera qu'Alice au pays des Merveilles le savait pertinemment, qu'il est au courant de la fuite chez lui et qu'il a donc été prévenu.

— Exactement. Et quels sont les gens qui ont pu le prévenir sinon ceux qui touchent de très près l'ami Jr?

— Arrête, tu me fais mal, grinça Rafalo.

Mais Bolan poursuivit froidement :

— Tu connais aussi bien que moi leurs méthodes. Ils n'y vont jamais par quatre chemins quand ils savent qu'il y a un indic chez eux. Au besoin, s'ils ne trouvent pas assez vite, ils passent plusieurs suspects à la moulinette infernale. As-tu déjà vu un turkey, un dindon? Je peux te décrire la manière dont ils...

— Arrête! coupa une nouvelle fois la taupe fédérale avec nervosité. J'ai tout compris! Pas la peine d'en rajouter. Bon, admettons que ça se passe comme tu veux. Comment vois-tu les aboutissements?

— Si j'arrive à manœuvrer comme je l'ai prévu, rien ne pourra laisser filtrer autre chose qu'une réaction de défense du clan local.

— Ça ne sera sûrement pas de la tarte. Tu sais à quel point ils sont vicelards.

— J'ai moi aussi quelques atouts vicieux dans la manche.

— Explique-moi un peu, tu veux? dit Rafalo d'un ton plus conciliant.

— Je n'en ai vraiment pas le temps, dit Bolan. Et puis, moins tu en sauras, mieux tu pourras t'en sortir. Pose seulement des jalons en prévision, laisse entendre que tu as entendu certains bruits qui et dont... Tu connais la routine.

— Ouais. Je vais devoir drôlement protéger mon cul! Bon, tu le veux pour quand et où, ce rendez-vous?

— Chez Fontana, à partir de quatre heures de l'après-midi.

— Quoi? Dans ce lupanar où ils sont tous en train de se masser?

— C'est bien ça. D'ailleurs, je ne pense pas que ça pourrait marcher autrement.

— Et tu veux que j'aille là-bas?

— Oui, affirma Bolan. Et tu me prendras en passant.

— Mais t'es complètement dingue!

— Seulement lucide.

— Merde, merde, merde! C'est ça que tu appelles travailler en souplesse!

Rafalo perçut un petit rire sec dans le téléphone, puis :

— Pour une fois, je vais faire dans la dentelle. Tiens-moi au courant, tu pourras me joindre par le baladeur. Ciao.

La taupe fédérale raccrocha lentement, grimaça, puis respira profondément et se composa un visage soucieux pour rejoindre Jo Lipsky.

Un court instant plus tard, un autre coup de fil aboutit à une propriété luxueuse située dans San Fernando Valley, au nord-ouest de la ville. Un soldat de la Mafia vêtu comme un maître d'hôtel s'approcha de Benedetto Caldara pour lui indiquer le combiné qu'il avait décroché sur la tablette :

— C'est pour vous, monsieur Ben.

Ben s'empara de l'appareil et grinça aussitôt des dents en reconnaissant la voix glaciale qui s'annonçait avec un culot monstrueux.

— Ouais, c'est moi, répondit-il, les dents toujours serrées.

— Qu'est-ce que tu as, Ben? J'ai cru entendre comme un bruit bizarre.

— Je vous écoute.

— C'est une bonne idée. Ouvre tout grand tes oreilles, je vais peut-être pouvoir te sauver la mise.

Ben Calhoun promena un regard méfiant autour de lui, observant les hommes qui discutaient dans la grande pièce comme s'ils participaient à un cocktail mondain, et baissa la voix pour répliquer :

— Je pige pas bien. Vous pouvez me dire de quoi il retourne?

Un ricanement lui cingla l'oreille :

— Joue pas à l'idiot ou je vais finir par croire que tu l'es réellement. Je suis en train de te faire comprendre que tout ce cirque va finir très mal. Tu t'accroches?

— Heu... ouais. A peu près.

— Essaie de piger. Toi et quelques-uns de tes potes sont en train de se le faire mettre en beauté. Le final est programmé pour ce soir.

Calhoun se sentait de plus en plus mal à l'aise. Comme si son interlocuteur éloigné devinait ses pensées, celui-ci conseilla :

— Souris, bon Dieu! Fais pas une gueule d'enterrement. C'est peut-être de circonstance, mais s'ils se doutent qu'on est en train d'essayer de renverser la vapeur, ils vont déclencher la vilaine

108

sauce avant terme. Faut que tu te tiennes prêt. T'as entendu?

— Oui, bien sûr. Ça va, répondit le producteur-mafioso en essayant un sourire qui ne fut qu'un affreux rictus.

— Bon. Alors fais pour l'instant comme si de rien n'était, mais tiens-toi sur tes gardes jusqu'à ce qu'on débarque tranquillement. A partir de là, le mieux que tu auras à faire sera de suivre le mouvement dans le bon sens. Tu t'es renseigné au sujet de la fille?

— Je sais qu'elle est ici...

— Renseigne-toi mieux. C'est une des clés de toute l'embrouille, Ben. C'est aussi une porte de sortie pour toi, tu comprendras plus tard ce qui se passe réellement. Toi et moi on a eu des mots, ce matin, mais il y a eu maldonne.

— Ça, je veux bien le croire!

— Disons qu'on s'est un peu trompés et qu'il est temps de remettre les pendules à l'heure. Comment es-tu avec Charly et Doug?

— Ben... pas trop mal. On n'a pas le même business, c'est tout.

— Ils sont dans la baraque?

— Ouais.

— Et Orlando?

— Il est pas loin.

— Sois gentil, va me le chercher. Et fais gaffe à qui tu parles. Tu comprendras bientôt.

Calhoun posa le combiné sur la tablette. Il s'aperçut que ses mains tremblaient et résolut de les enfoncer dans les poches de sa veste. Puis il traversa le vaste salon aux murs recouverts de tapisseries et se planta tout près du fils de Giorgio qui liquidait une coupe de champagne en solitaire.

— Un type veut te parler, annonça-t-il d'une voix à peine perceptible.

— Qui est-ce?

— Ce sera mieux que tu lui demandes toi-même.

Orlando prit un air ennuyé et s'approcha du téléphone.

— Ouais? J'peux savoir qui me...

— Ferme-la et écoute. On vous a tous envoyés à l'abattoir et vous êtes en train de marcher comme des bestiaux stupides. Putain! Heureusement que Willow nous a avertis de ce qui se passe chez vous!

La voix était basse et feutrée.

— Hé, attendez! Je comprends rien à ce que vous dites. Qui êtes-vous et qui est ce Willow?

— Tu le sauras peut-être s'il arrive à temps avec ses renforts pour vous tirer de la merde.

— Mais je...

— C'est ça, braille encore un peu plus pour que tout le monde entende autour de toi! Bon Dieu, c'est pas possible d'être naïf à ce point! Ecoute, je ne peux pas trop parler dans cette merde de téléphone. Il se pourrait bien que quelqu'un ait l'idée de décrocher sur un autre poste. Tu dois connaître notre numéro, là où nous sommes...

— Vous voulez dire... là-bas, à Manhattan?

— Tu veux un schéma?

— Evidemment, que je le sais!

— Bon, démerde-toi pour nous appeler d'autre part que de cette baraque. Demande le poste 226. Magne-toi la rondelle et fais gaffe qu'on te suive pas.

110

— D'accord, fit nerveusement Orlando Lippi. Mais je...

Il s'interrompit en entendant le petit bip annonçant qu'on avait raccroché, reposa doucement le combiné et reprit sa coupe de champagne qu'il sirota lentement pour se donner quelques secondes de réflexion.

Ce qu'il venait d'entendre lui laissait une très sale impression dans la cervelle. Qu'est-ce que ça signifiait, nom de Dieu ? Et qui essayait de les envoyer à l'abattoir ? Il regarda Frank Attia qui bavardait d'un air soucieux avec Angelo et Nino Jacobi dans l'entrée de la grande maison, fit un effort pour se souvenir en détail de ce qui s'était passé dans la matinée. Puis, hochant doucement la tête, il fit mine de se fouiller à la recherche d'un paquet de cigarettes et traversa le hall d'entrée.

— Vous avez l'intention d'aller quelque part ? lui demanda un chef d'équipe planté près de la porte.

— Si on te le demande, tu diras que t'en sais rien, répliqua spirituellement Orlando.

— Vaudrait mieux que vous restiez ici pour l'instant, insista le type. Ou alors faut vous faire accompagner. Il paraît qu'il y a du danger dehors.

— Tu veux peut-être aussi m'accompagner aux chiotes ? Fous-moi la paix, merde !

Ouvrant la porte d'un geste sec, il descendit les marches du perron, rejoignit une Ferrari rutilante sur le parking de la propriété et lui fit franchir la grille d'entrée dans un giclement de gravier.

Il roula quelques minutes puis stoppa devant un bar de Sherman Way. Vingt secondes plus tard, enfermé dans une cabine téléphonique, il lançait un appel longue distance à destination de l'immeuble abritant le Grand Conseil de la Mafia, à New York. Un premier type lui répondit d'une voix presque chuchotante. Il lui demanda de lui passer le poste 226, l'obtint apparemment après une série de petits déclics, et un second type au ton impersonnel lui annonça :

— Impact Promotion à votre service. Que puis-je pour vous ?

— Quelqu'un de chez vous m'a appelé tout à l'heure, répliqua Orlando. Vous devez être au courant.

— Vous êtes monsieur ?...

— Lipp.

— Ah oui ! Quittez pas.

Il perçut un chuchotement avant que la voix entendue plus tôt dans le salon s'annonce sur la ligne :

— Tu as bien fait de rappeler, heu... Orlando. C'est la très grosse merde qui va s'abattre chez toi, sois-en sûr. Avant tout, réponds à une question : est-ce que ce mec, le Frank, est toujours sur place ?

— Dites, je vois pas bien pourquoi je vous répondrais...

Il y eut un soupir dans le téléphone.

— Rien ne t'y oblige en effet, reprit la voix aux intonations très basses. Fais un effort pour comprendre pourquoi on vous a tous rassemblés là-bas. On pourrait très bien aussi vous laisser patauger dans tout ce sang qui va couler avant la fin de la journée et, crois-moi, ça va être un sacré carnage. Mais ici on pense qu'on ne peut pas laisser faire une pareille saloperie. Giorgio a toujours été notre ami. Nous sommes tous une grande famille et nous ne tenons pas à ce que le petit salopard de Philadelphie vous coupe la gorge pour s'approprier ce qui est à vous. C'est toi maintenant qui dois prendre la tête du business californien, Orlando. Personne d'autre. Pas même les fumiers qui t'entourent et qui marchent en douce avec Augie l'Ordure. Tu comprends ce que je te dis ? C'est à toi de reprendre tout en main.

Orlando se ficha une cigarette aux lèvres et prit tout son temps pour l'allumer avant de répondre :

— Ouais. C'est comme ça que je vois les choses aussi.

— O.K. On va te soutenir. Mais pour ça, on a besoin de savoir exactement comment évolue la situation chez toi. Alors, au sujet de celui qui se fait passer pour Frank, faut que tu nous dises...

— Est-ce que je dois comprendre qu'il n'est pas de chez vous ?

— Ce serait une bonne chose, oui...

— J'm'en doutais ! La grosse gonfle nous l'a pourtant présenté comme...

— Comme notre envoyé, hein ? Ça te donne à réfléchir sur le rôle d'Angelo. Il y a bien un Frank du même nom chez nous, mais il n'a rien à voir avec celui que tu as vu. Celui-là, c'est un casseur de première et vachement dangereux avec ça. Pour l'instant, je ne peux pas encore t'en dire plus à son sujet, on n'est pas encore très sûrs du renseignement, mais...

— Mais quoi ? coupa le bâtard de Giorgio d'une voix contractée.

— Je viens de te dire qu'on n'est pas encore sûrs à cent pour cent. Il se pourrait cependant que ce mec soit pire que tout ce qu'on peut envisager. Le loup dans la bergerie, quoi... Ce qui est certain, c'est qu'il a passé un marché avec Augie. Là, y a pas de doute.

— Ouais. Ouais, je vois...

Plusieurs petits craquements passèrent dans l'écouteur et la voix feutrée demanda :

— Dis, t'es bien sûr de l'endroit d'où tu nous appelles ?

— Sans problème, fit Orlando. Dites, et le vrai Frank ?

— Il est déjà sur place. Il se peut qu'il se présente à toi sous le nom de Willow. Mais tu devras faire attention à pas le révéler aux autres. A personne, t'entends ? Il va falloir que tu sois drôlement à la hauteur et que tu te contrôles pour pas donner l'éveil aux fumiers. Autre chose : t'approche pas trop de Nino non plus.

— Putain ! C'est à ce point ?

— Bien pire encore. Je vais te donner un petit aperçu de ce qui s'est magouillé dans le dos de Giorgio. Ecoute bien.

De nouveaux cliquetis retentirent, puis un léger ronronnement et une voix différente tomba dans l'oreille d'Orlando qui pensa aussitôt à un enregistrement :

— *Il a jamais pu blairer Giorgio, bien qu'ils soient demi-frères... J'ai arrangé un rendez-vous avec Aldo et Angelo, mais Aldo l'a carrément envoyé se faire foutre. Enfin, c'est la réaction qu'il a eue devant moi et j'ai cru que leurs contacts s'arrêtaient là...*

114

Un silence de quelques secondes suivit. Orlando avait l'oreille tendue comme une ventouse.

— *Seulement, ils se sont revus en douce*, poursuivit l'enregistrement. *Je n'ai pas pu entendre ce qu'ils ont manigancé, mais je suis certain qu'Aldo a finalement accepté l'offre d'Angelo. Aldo venait de bouffer les trois quarts d'un budget placé dans la société par Giorgio pour augmenter le rendement des affaires en cours. Il y avait un trou de trois millions de dollars dans la caisse… Y avait Jacobi, aussi. Je comprends pas comment il a pu connaître la combine entre eux, mais il l'a su. Et lui aussi, il est venu me trouver pour me convaincre de lui donner des renseignements sur le déroulement des affaires.*

Un nouveau « blanc » intervint, et l'enregistrement reprit :

— *Ça pourrait vouloir dire que ceux avec lesquels il dînait étaient dans le coup. Il y avait Lucky Valone, Jacobi et ce bâtard d'Orlando…*

Ce fut tout. Le ronronnement en surimpression cessa et l'interlocuteur d'Orlando renoua le dialogue :

— Tu as reconnu la voix ?

— Un peu ! assura le « bâtard » dont la voix à présent vibrait de rage. C't'espèce d'enfoiré ! Et les putains des autres…

— Ne te laisse pas avoir par tes nerfs, faut que tu tiennes le coup et que tu relèves la tête sans rien leur montrer. Je t'ai dit qu'on allait te soutenir. Ce que tu viens d'entendre nous a été envoyé par quelqu'un de chez toi en qui on peut avoir confiance. C'est ce qui nous a décidés à intervenir, mais on voulait ton accord auparavant. Tu te sens vraiment assez mûr pour reprendre les brancards une fois que tout cette saloperie sera réglée, Orlando? Réfléchis quand même, ça ne va pas être du gâteau, surtout avec ces embrouilles pourries.

— C'est tout réfléchi. Je marche. Et je voudrais bien voir qui me mettra des bâtons dans les roues!

— C'est ce qu'on voulait t'entendre dire. Et quand je dis nous, comprends qu'il s'agit de ceux en qui ton père avait confiance. Ça signifie qu'ici aussi il n'y a pas que des colombes. On a également des faucons. Alors fais bien gaffe si quelqu'un essaye de te contacter.

— Je suis pas un con, affirma le rejeton qui se prenait déjà pour l'héritier d'un trône.

— Personne ne l'a jamais prétendu. Mais écoute un conseil. Benedetto n'est pas ton ennemi, malgré les apparences. Quand le moment sera venu, il serait peut-être bon que vous vous épauliez tous les deux.

— Et quand je saurai que le moment est venu?

— Sois sûr que ça ne va pas tarder. Ouvre tes antennes et tâche de voir qui sont tes alliés et tes ennemis. On compte sur toi.

Le déclic annonçant la fin de communication claqua sèchement. Orlando l'avait encore dans l'oreille en remontant dans sa caisse rutilante. Dans sa tête, les paroles de ce mec important de Manhattan tournaient encore à vive allure et il se sentait partagé entre deux impressions contradictoires : la trouille viscérale des événements qui risquaient de se produire à très brève échéance – événements auxquels sa vie facile et dissolue ne l'avait nulle-ment préparé – et la perspective de se retrouver à la

116

tête des grosses affaires californiennes. Un sacré conflit intérieur !

Il était tellement préoccupé par ses pensées qu'il n'accorda pas le plus petit regard à la Mercedes noire garée à quelque distance de sa Ferrari, et dont les deux occupants, eux, l'observaient avec attention.

Orlando Lippi avait évidemment d'autres soucis en tête et calculait déjà la façon dont il allait utiliser « l'aide » de Manhattan pour devenir le maître du vice de la côte Ouest.

CHAPITRE X

A bord du gros véhicule de guerre, Rosario Blancanales surveillait les chiffres lumineux qui défilaient sur un compteur électronique tandis que Bolan raccrochait le radio-téléphone. Gadgets Schwarz, lui, s'employait à contrôler la synchronisation de deux bandes magnétiques sur une platine. Il releva un instant la tête puis, imitant les intonations qu'avait prises Bolan pour parler à Orlando, il débita comiquement :

— Ouvre bien tes antennes, mec ! et tâche de voir qui sont les petits saints et les gros pourris... On compte sur ta pomme.

Reprenant une voix normale, il fit remarquer :

— Ce qui m'étonnera toujours avec ces types, c'est que malgré tout le machiavélisme qu'ils ont dans la tronche, ils puissent marcher à l'intox. Ces deux-là me paraissent ferrés jusqu'à la gorge.

— Je l'espère, répliqua Bolan. Ça fait partie de leur façon de vivre. J'ai utilisé des arguments auxquels ils sont particulièrement sensibles. Etant donné le contexte actuel et le climat d'incertitude qu'ils ont eux-mêmes créé, les chances sont assez bonnes.

Pour le montage de « l'intox », ils avaient fait appel à Harold Brognola qui, depuis Washington, avait pu faire opérer une dérivation temporaire de ligne téléphonique par le bureau local du FBI. C'était quasiment une prouesse technique. En un délai extrêmement court, il avait fallu obtenir la collaboration des télécommunications, déplacer des techniciens du Bureau fédéral et, parallèlement, faire établir un mandat par un juge fédéral. Brognola avait pris de gros risques pour cette opération improvisée, agissant à l'extrême limite de la légalité, mais, ainsi qu'il l'avait admis, la fin justifiait les moyens.

Bolan avait envisagé une seconde procédure de dérivation téléphonique pour le cas où il en aurait besoin. Si cela devait intervenir, le dispositif technique installé dans le « van » était prêt à fonctionner.

Il entendit une porte s'ouvrir et passa dans le module habitable à l'instant où Samantha Cramer quittait la cabine de la douche. La jeune femme avait enfilé un peignoir qu'il lui avait prêté et qui était trois fois trop grand pour elle. Elle avait relevé ses cheveux encore humides et les avait retenus par une barrette sur le haut de sa tête. Son visage était encore pâle, mais elle risqua un timide sourire qu'il lui rendit par une grimace de sympathie.

— Ça va mieux ? s'enquit-il pour la forme.

— C'est épatant, une douche, répliqua-t-elle avec un entrain un peu forcé. Dans certaines circonstances, ça ne vous lave pas seulement la peau, mais l'âme aussi.

Bolan lui avait fait boire une tasse de chocolat

brûlant à son arrivée. Il regarda la tasse vide, proposa :

— Vous en voulez une autre ?

Elle hocha la tête.

— Merci. Mais je prendrais bien quelque chose de plus costaud si vous en avez.

— Scotch, bourbon ?

— Va pour un bourbon bien tassé.

Tandis qu'il ouvrait un placard dans la cloison, elle se déplaça jusqu'à la porte qu'il avait laissée entrouverte, lui jeta un regard oblique.

— Je peux ?

— On regarde mais on ne touche à rien, lui sourit-il de nouveau.

Faisant deux pas en avant, la jeune femme découvrit Schwarz et Blancanales qui s'affairaient sur des appareils, leur jeta un petit « hello ! » machinal. Et, pendant un assez long moment, elle observa les diverses consoles et appareils électroniques garnissant le module opérationnel, renifla curieusement comme si elle voulait s'imprégner de l'atmosphère spéciale des lieux, puis émit un sifflement admiratif en réintégrant le module habitable.

— C'est presque un engin spatial, commenta-t-elle en saisissant le verre que lui tendait Bolan.

— Disons que c'est pratiquement aussi bien équipé. C'est une sorte de module terrestre totalement autonome, capable de communiquer avec le monde entier et possédant de nombreuses autres possibilités techniques.

— Comme celles de semer la mort et la dévastation, fit-elle après avoir bu une gorgée d'alcool.

Puis, lui lançant un regard bleu candide :

— Quand vous m'avez amenée ici, tout à l'heure, j'étais encore en état de choc et je me sentais incapable d'ordonner mes pensées. Ensuite, sous la douche, j'ai commencé à me faire une idée de ce drôle de mobil-home et de vous. Et maintenant, après ce que je viens de voir...

— A quelle conclusion êtes-vous parvenue?

— Que vous pouviez être un agent spécial du gouvernement possédant tout un attirail technologique en vue d'une mission également très spéciale. Mais à la réflexion, l'hypothèse ne tient pas. Tout d'abord, les espions et les contre-espions ne sont pas concernés par la lutte contre le Crime organisé.

Elle s'interrompit pour tremper une nouvelle fois ses lèvres dans le bourbon, ses yeux bleus très clairs toujours fixés sur son hôte.

— Je suis une journaliste assez bien documentée. Bien que je ne sois pas très ancienne dans le boulot, j'ai emmagasiné dans ma petite tête beaucoup d'éléments d'informations, notamment en ce qui vous concerne. Vous ne portez pas votre combinaison noire, aujourd'hui?

— Seulement dans certaines circonstances, répliqua Bolan qui s'était appuyé contre une cloison.

— Oui, je sais.

Elle vint près de lui et lui effleura la poitrine avec la main.

— C'est drôle.

— Qu'est-ce qui est drôle? Moi?

— Sûrement pas. Je ne vous imaginais pas en chair et en os, mais plutôt comme un fantôme désincarné. Une sorte de spectre qui ne prend consistance que pour fondre sur ses ennemis.

— C'est aussi l'image que les *amici* ont habituellement de moi. Une projection de l'imagination
qui s'appuie sur leur mental vicieux.

Il eut un bref rire sans joie.

— En réalité, c'est le spectre de leurs idées
répugnantes qui prend consistance. Mais je crois
que nous ferions mieux de bavarder sur un plan
plus pratique. Par exemple, pourquoi les sbires de
la Cosa Nostra tenaient-ils tant à vous mettre le
grappin dessus ?

Elle noya son regard dans l'alcool, plissa comiquement le nez et haussa doucement les épaules.

— Que savez-vous de moi, à part que vous
m'avez trouvée dans un véhicule occupé par la
Mafia ?

Visiblement, elle essayait de s'en sortir par une
pirouette. Bolan décida de jouer son jeu pour un
certain temps.

— Vous vous appelez Samantha Cramer, vous
êtes une fonceuse qui s'est flanquée dans la panade
en allant essayer de compter les dents du fauve.
Vous êtes aussi apparentée à une personnalité politique en vue. C'est tout pour les grandes lignes.

— O.K. Avantage pour moi, j'en sais beaucoup
plus sur vous.

— C'est pourquoi nous devons parler plus spécialement de votre petite personne. Qu'avez-vous
appris sur les *amici* de cette cité ?

— Pourquoi vous le dirais-je ?

— Peut-être justement parce que vous étiez dans
une fâcheuse posture quand je vous ai trouvée.

— N'essayez pas de profiter de la situation.
C'est déloyal et ça ne marchera pas. Je vous tiens

123

sous la main et j'ai bien l'intention d'obtenir de vous une interview exclusive. Tombons d'accord : vous me dites ce qui peut être intéressant dans une émission grand public et ensuite je vous parle de mes découvertes. Ça vous va?

Bolan dissimula son agacement. Décidément, cette fille aux yeux bleus candides ne manquait pas d'à-propos. Il consulta sa montre, vit qu'il lui restait un peu de temps avant de recevoir l'appel de Nick Rafalo et répondit :

— O.K. Vous avez cinq minutes. Mais rien de ce qui sera dit ici ne pourra être utilisé officiellement, surtout en ce moment.

— Dites, vous vous fichez de moi? A quoi me servirait une interview que je ne pourrais pas sortir de sa boîte?

— Dans quelques jours vous pourrez l'utiliser, à condition que vous changiez le contexte et la situation géographique.

— Et pourquoi ferais-je cela? se cabra-t-elle.

— Simplement parce que si vous diffusiez certaines nouvelles sur l'antenne de votre station, ou si vous en parliez autour de vous, vous auriez sur la conscience la mort de plusieurs personnes innocentes et vous déclencheriez une sacrée panique au niveau de la Justice.

— Tiens donc! Je croyais que vous étiez au-dessus de tout cela, monsieur Bolan.

— Croyez ce que vous voulez et posez-moi vos questions. Je n'ai pas beaucoup de temps.

— Vous avez un enregistreur? Vos petits copains mafiosi m'ont fauché le mien.

— Navré, pas de caméra, formula-t-il en lui

tendant un magnétophone de poche avec une cassette vierge.

Après l'avoir enclenché, la fille se recueillit un moment puis commença à parler dans le micro d'une voix toute professionnelle :

— Ici Samantha Cramer du Los Angeles Broadcasting Systems. Je me trouve en ce moment même en face de l'homme sans doute le plus recherché par toutes les polices du pays. Pour tout le monde, ce singulier personnage possède un double visage. En effet, si certains affirment qu'il n'est qu'un criminel sanguinaire, d'autres au contraire prétendent qu'il se comporte comme un Robin des Bois des temps modernes, défenseur des honnêtes gens contre le Crime organisé… Mack Bolan, que pensez-vous de ces allégations ?

Bolan alluma une cigarette. Il grimaça puis répondit :

— Je n'en pense rien. Je fais ce qui me semble être mon devoir de soldat dans une société profondément gangrenée et asservie par des gens qui se croient au-dessus des lois. Ceux-là ont parfaitement compris le système et l'utilisent à leur profit, volant, pillant, escroquant et tuant, sans que la Justice officielle puisse les en empêcher, ficelée qu'elle est par la multitude de lois contradictoires faites paradoxalement pour préserver les innocents. Parfois aussi, ils opèrent avec la complicité de responsables gouvernementaux qui se sont laissé absorber ou qui participent carrément à leur grande magouille.

— Vous dites que vous êtes un soldat alors que vous êtes toujours officiellement considéré comme un déserteur. Pouvez-vous vous expliquer à ce sujet?

— J'ai abandonné un combat pour en entamer un autre contre ce qui m'est apparu comme l'ennemi intérieur de la nation. Mon intention n'est pas de débattre la justesse ou l'opportunité du fait, mais simplement d'apporter une précision à ce principe. Qu'est-ce en effet qu'un soldat, sinon celui qui se bat pour une cause qui lui semble juste, qu'on lui en ait donné l'ordre ou qu'il le fasse de son propre chef? Imaginons un combattant coupé de son commandement et qui n'en reçoit donc plus aucune directive, ou dont les supérieurs ne sont plus en mesure de lui en donner parce que le contexte conflictuel les dépasse... Que doit-il faire? Baisser les bras et se rendre, ou continuer sa mission comme on le lui a appris durant toute son instruction? Je vous pose la question, Samantha Cramer. Comment doit se conduire ce soldat perdu dans la jungle?

— Vous vous considérez donc comme un combattant perdu dans la jungle moderne du grand banditisme et vous poursuivez une guerre désespérée?

— Ne jouez pas sur les mots. Je ne suis ni perdu ni désespéré. Mais cette jungle existe en effet.

La jeune femme alluma une cigarette qu'elle avait fauchée dans le paquet de Bolan. Elle souffla lentement un nuage de fumée et enchaîna une autre question d'un ton ferme:

— D'accord, elle existe. Mais êtes-vous certain que vos actes de violence n'apportent pas indirectement le désordre à la société? Est-ce que vous croyez détenir la vérité?

126

— C'est une question de niveau de conscience, répondit Bolan. On choisit une voie et l'on s'y accroche. Je ne m'attaque pas à la Mafia par goût, encore moins par plaisir. Je pense que sur cette planète il y a le bien et le mal, chacun de nous a en soi une part positive et négative avec une infinité de variantes. Si l'on pouvait décortiquer psychiquement un être humain, on s'apercevrait sans doute qu'il est un monstre fait de toutes sortes de tendances, de défauts et de qualités, et qu'il se maintient dans le système social par un équilibre quasi miraculeux. Il y a ceux qui ont choisi de mener leur vie en harmonie avec les forces positives, et les autres qui n'utilisent que le côté obscur de cette puissance pour concrétiser leurs désirs, leur convoitise. Pour moi, la guerre que je mène est d'abord une affaire de connaissances de ces individus, de compréhension des motivations qui les dirigent et d'habitude de leurs méthodes. Je les connais bien. Leur seul moteur psychologique est la rapacité et la soif de pouvoir. Pour cela, ils sont prêts à n'importe quoi.

— Mais vous-même êtes prêt aussi à n'importe quoi pour faire régner la terreur parmi ceux que vous considérez comme l'ennemi intérieur de la Nation. Qui croyez-vous donc être? Un justicier investi d'une misson divine?

— Je ne suis qu'un pion minuscule sur l'échiquier cosmique. Quand je serai mort, personne ne se souciera de savoir si j'ai eu raison ou tort. Mon passage sur cette terre ne constituera qu'une infime parcelle de l'histoire de l'humanité. Mais je veux apporter ma contribution à ma patrie, rendre ce monde un peu moins sale, nettoyer la société. Je ne combats pas des hommes mais une idéologie selon laquelle certains êtres s'adjugent le droit de bouffer leurs semblables. Le droit du plus malin, du plus puissant, du plus vicieux. Les hommes ne sont que l'accomplissement d'un destin qu'ils ont choisi en fonction d'une idée bonne ou mauvaise.

— Mais vous tuez des hommes au nom de votre idéologie ?

— Là, il ne s'agit plus d'idéologie mais de faits. C'est pour cela que je parle de niveau de conscience. Le mien n'est pas celui de la Mafia.

— On dit que vous vous êtes lancé dans cette croisade sanglante à la suite de l'anéantissement de votre famille par la Mafia. Par esprit de vengeance. Qu'en est-il exactement ?

— Quand j'élimine la racaille puante de la Cosa Nostra, je n'agis pas par esprit de vengeance, mais pour nettoyer un terrain contaminé, un peu à la manière d'un chirurgien qui cherche à détruire les métastases d'un cancer.

— Certaines rumeurs prétendent que vous bénéficiez d'une couverture occulte du département de la Justice. Ces rumeurs sont-elles fondées ?

— C'est stupide. J'ai toujours agi pour mon propre compte et j'assume toutes les responsabilités de mes actes.

— Peut-on savoir quel sera le prochain terrain que vous envisagez... d'assainir ?

— Je ne l'ai pas encore choisi. Je suis dans le Middlewest pour quelques jours encore et je regarde vers le sud-est. Je n'ai plus d'autre commentaire à faire à ce sujet, dit Bolan en tendant la main pour stopper le petit enregistreur qu'il déposa ensuite près de lui sur une tablette.

La jeune femme fit l'amorce d'un geste pour le récupérer mais se ravisa et sourit :

— J'avoue que vous m'avez épatée. Je ne croyais pas que vous iriez aussi loin dans l'exposé de vos idées avec autant de...

— Avec autant de cynisme ?

— Je ne pense pas qu'il s'agisse de cynisme, affirma-t-elle après un temps de réflexion. Je vais finir par croire que c'est vous qui avez raison... En tout cas, c'est un scoop, bien que vous m'ayez fait une vacherie dans votre dernière réponse. Alors, comme ça, vous êtes pour l'instant dans le Middle-west ?

— Vous pouvez aussi y être. Demain ou dans quelques jours. A vous d'arranger votre emploi du temps. Je vous ferai parvenir cet enregistrement par courrier.

— Vous n'avez donc aucune confiance en moi ?

— Je ne fais pas confiance à la journaliste que vous êtes. A présent, à vous la parole, Samantha. Ce n'est pas seulement un reportage que vous meniez en espionnant les *amici*...

— Appelez-moi Sam. Je préfère. Samantha, ça fait un peu sorcière du logis.

— O.K. Parlez-moi de votre oncle le député Dean Cramer.

— Vous attaquez sec, hein ? Là où ça fait mal.

— Désolé, ce n'est pas moi qui l'ai fait tomber dans les égouts. Comment s'est-il mouillé dans la sale combine ?

— Eh bien… En fait je vois que vous en connaissez beaucoup plus sur moi que ce que vous laissiez entendre. Mais je n'ai pas envie de vous apporter Dean sur un plateau pour que vous puissiez ensuite lui trancher tranquillement la gorge. Il n'est sûrement pas un petit saint, mais c'est malgré tout mon oncle.

— Je n'y toucherai pas si je parviens à liquider les cannibales avec lesquels il s'est associé. Je crois qu'il est encore récupérable.

Bolan avait légèrement bluffé quant à ce qu'il savait sur Dean Cramer. Mais la fille ne pouvait pas se douter de l'importance de ses informations. Après une longue hésitation, elle piocha dans le paquet une seconde cigarette qu'elle embrasa avec des gestes calculés, et se lança à l'eau.

CHAPITRE XI

— D'accord, je vais vous parler de lui, dit Samantha Cramer en tirant nerveusement sur sa cigarette. C'est grâce aux relations de Dean que j'ai eu cette place de reporter au L.A.B.S. En échange, je l'aidais de temps en temps dans ses relations avec la presse et ses actions promotionnelles. Tout cela était parfaitement normal. Jusqu'au jour où il m'a demandé de porter une vidéo-cassette à l'aéroport pour une expédition en fret-express. Il avait été très hésitant en me la confiant, m'expliquant d'un ton ambigu qu'il s'agissait de l'enregistrement d'un texte confidentiel, alors qu'il aurait très bien pu se contenter de me dire que c'était important et urgent.

Bolan lui sourit :

— Vous voulez dire qu'il a manqué de psychologie ? La curiosité de Sam la journaliste s'est éveillée...

— Exact. D'autant plus qu'il me paraissait bizarre depuis quelque temps et qu'il rencontrait des gens louches. Bref, je n'ai pas pu résister. Je devais passer à la station avant d'aller à l'aéroport et j'ai déballé le paquet pour visionner la cassette. Devinez la nature de l'enregistrement ?

— Du porno très personnalisé.

— Tiens ! Ça aussi vous le savez !

— Donnez-moi des détails.

— Vous voulez des détails croustillants ? Ce n'est pas mon genre. Sachez simplement que cela concernait les ébats amoureux d'une personnalité politique importante réputée pour son intégrité et son puritanisme. Il y avait deux filles avec lui, dont une que je connaissais un peu pour l'avoir interviewée dans le cadre d'un tournage de téléfilm. Une comédienne, quoi ! La bande magnétique était constellée de gros plans pour qu'il ne puisse pas y avoir d'équivoque quant à l'identité du type. Puis il y a eu une pause après les premiers ébats et ils ont fumé des joints. A un moment, l'une des filles lui a demandé s'il en fumait souvent et il a répondu en rigolant par l'affirmative, et précisé que ça l'aidait à bander. Vous vous rendez compte de la portée que pouvait avoir un tel scénario si la cassette parvenait dans certaines mains ?

— Continuez. Qu'avez-vous fait ensuite ?

— J'ai rafistolé proprement le paquet et je l'ai expédié comme convenu à son destinataire, un politicien de San Francisco qui entretient des relations avec Dean.

— Son nom ?

— Nathan Wallace. C'est un ancien député qui fait actuellement campagne pour sa réélection. J'ai commencé à remonter la filière, d'abord en prétextant une nouvelle interview auprès de la comédienne pour essayer d'en savoir plus, mais j'ai appris qu'elle n'était plus en Californie, qu'elle était partie sur la côte Est pour un tournage. Je me suis donc tournée vers Dean et j'ai discrètement fouillé son bureau. C'est là que mes cheveux ont commencé à se dresser sur ma tête. J'ai découvert une douzaine de cassettes vidéo traitant toutes du même sujet scabreux et concernant chacune des personnalités différentes, des politiciens et des fonctionnaires haut placés au gouvernement. Bien sûr, je n'ai pas pu les visionner toutes, mais il y avait des étiquettes dessus mentionnant les noms de ces personnes. L'une d'elles est d'ailleurs l'un des membres de l'équipe présidentielle qui vient assez souvent en déplacement à L.A.

— Vous avez parlé à quelqu'un de vos découvertes? questionna Bolan.

— Je m'en suis bien gardée, le sujet me paraissait beaucoup trop brûlant. Même la direction du L.A.B.S. n'est pas au courant. Je tenais seulement à aller jusqu'au bout de mon enquête privée pour comprendre ce qui se passait réellement et essayer de sortir Dean du pétrin. Par la suite, je m'en serais peut-être servie à des fins professionnelles.

— Vous pensez qu'on le faisait chanter?

— Evidemment. Comme je vous l'ai dit, il n'a jamais été un petit saint. C'est avant tout un politicien, mais j'en ai toujours gardé une bonne image. C'est lui qui a payé mes études quand mes parents ont été tués dans un accident d'avion. J'ai vu à plusieurs occasions des types de la Mafia dans son bureau. Ils se comportaient comme s'ils étaient chez eux, fumant ses cigares et buvant son whisky, le traitant parfois comme s'il avait été leur larbin.

Pour n'importe qui de non informé, ces gens passent pour des hommes d'affaires ou des industriels. Mais moi je sais qu'ils appartiennent au syndicat...

Un petit nerf tressaillit sur le front de Bolan. Il demanda froidement :

— Est-ce que Dean Cramer sait que vous avez fouiné dans son bureau?

Elle haussa doucement les épaules.

— Il s'en doute. Pour moi, c'est évident. Il m'a presque surprise en train de consulter un dossier où il classe sa comptabilité confidentielle. J'ai fait l'imbécile et je lui ai dit que j'étais à la recherche du texte de sa prochaine allocution, en vue d'une émission de TV. Il n'a sans doute pas été dupe. D'ailleurs, le lendemain, il m'a invitée à déjeuner et, mine de rien, la conversation s'est engagée sur les actions psychologiques en matière de politique nationale. Il m'a parlé de l'opposition qui souvent utilise des moyens déloyaux et avec laquelle il est parfois nécessaire de faire intervenir des méthodes para-légales, des difficultés rencontrées dans les relations avec certains électeurs puissants, insistant sur le fait qu'en matière de politique on ne fait pas toujours ce que l'on veut, etc... A travers ses phrases bon enfant, il m'a paru plutôt embarrassé et même franchement inquiet. Pour moi, c'est sûr, ils le tiennent...

— Ce dossier, qu'est-ce qu'il vous a appris?

— Qu'il reçoit d'importantes sommes d'argent et qu'il en verse presque à chaque fois la moitié à des personnes dont seules les initiales sont mentionnées sur ces papiers.

134

— Faites un effort, Sam. Quelles sont ces initiales ?

— Je crois me souvenir des lettres L et M. Mais il y en avait beaucoup d'autres.

— L comme Lippi et M comme Mantegna ?

En guise de signe d'assentiment, elle baissa les yeux et pinça les lèvres, puis ajouta :

— Il y avait aussi une sorte de sigle qui revenait assez souvent à côté de certaines sommes, comme deux ailes et un rond pouvant figurer une tête. Je ne vois pas ce que ça signifiait, sauf peut-être un oiseau ou un ange stylisé...

— Un ange ? fit Bolan. Vous avez entendu parler du demi-frère de Giorgio Lippi ?

— Je l'ai même filmé, assura-t-elle. Vous croyez qu'il s'agit de lui ? Angelo ?

— Possible. Si tel est le cas, ça laisserait entendre que votre bien-aimé tonton bouffait à plusieurs râteliers de la Mafia.

— Je ne vous crois pas. Mon instinct me dit qu'il s'est fait piéger par ces types et qu'ils le maintiennent sous pression avec des méthodes dégueulasses.

— Si vous écoutiez un peu mieux votre instinct, vous comprendriez qu'il marche volontairement avec eux, qu'il profite carrément de leur système. Il fait partie intégrante du cancer, Sam. Il s'est laissé phagocyter sans résistance et maintenant il collabore de plain-pied. Ce n'est d'ailleurs pas la première fois qu'un politicard s'associe avec les *amici* pour assouvir sa soif d'ambition.

— Je préfère penser le contraire.

— Si vous voulez. Ça ne change rien au problème.

Elle eut un regard vers son verre vide.

— Remplissez-le, voulez-vous? Ça me donnera un peu de courage pour continuer.

Bolan lui versa un peu de bourbon qu'elle but par petites gorgées, le regard dans le vague, maintenant.

— Allez-y, Sam. Crevez l'abcès, même si ça doit faire mal.

— Vous êtes un magnifique salaud, monsieur Bolan. Vous voulez que j'aille jusqu'au bout? O.K.! Mais bouchez-vous le nez, l'odeur est infecte... La semaine dernière, je suis retournée dans le bureau de Dean pendant qu'il était à San Diego. J'ai procédé à une fouille plus approfondie et c'est comme ça que j'ai compris qu'il achetait ces vidéo-cassettes au clan Lippi pour les refourguer ensuite, moyennant finances, à des amis politiciens qui s'en servent évidemment pour exercer des pressions à droite et à gauche. Je sais maintenant que toute cette saloperie va très loin, bien au-delà de la Californie, jusqu'aux Etats de l'Est et même en Europe. Plusieurs personnalités de Grande-Bretagne, de France et d'Allemagne sont concernées par cette ignoble combine. Je suppose qu'un grand coup se prépare pour déstabiliser de manière occulte les forces politiques du pays et aussi en prévision de l'Europe qu'ils essayent de construire, de l'autre côté de l'océan. Il y avait diverses annotations sur une feuille de papier soigneusement planquée au fond d'un tiroir, dont une qui a retenu mon attention : « Noter tout l'intérêt qu'il y aura dans l'avenir à tourner nos regards vers le Moyen-Orient ».

— Le réservoir mondial de l'énergie, marmonna Bolan pour lui-même.

— Vous m'avez fait démarrer, laissez-moi continuer, fit Samantha Cramer d'une voix mécanique. J'ai aussi trouvé l'enregistrement d'une conversation téléphonique qu'il avait eue avec Nino Jacobi. C'était son habitude de consigner sur bande magnétique ses entretiens même les plus anodins, pour se les repasser ensuite et les analyser. Une conversation qui, entre autres, me concernait et au cours de laquelle il était question de m'envoyer pour quelque temps à la campagne.

— Est-ce que vous comprenez ce que ça veut dire ? Votre oncle est une vieille charogne pourrie qui vous a vendue à la Mafia. Comment croyez-vous que les *amici* savaient qui vous étiez et où vous trouver pour vous embarquer, tout à l'heure ?

— Ils m'ont probablement suivie.

— Négatif ! cracha Bolan. Moi, je vous faisais suivre et je peux vous garantir qu'aucun d'entre eux ne vous a suivie. Regardez la vérité en face au lieu de détourner les yeux.

Puis, tandis que la fille se taisait, paraissant mettre de l'ordre dans ses idées, il eut une pensée vers l'homme de Philadelphie dont l'intention était de fédérer les clans disséminés de la Cosa Nostra. En fait, les ambitions d'Augie Marinello Junior étaient beaucoup plus grandioses. La combine locale n'était tout simplement que le point de départ d'une vaste opération d'ensemble visant à déborder le cadre des USA pour réaliser la mainmise sur l'Europe en cours de structuration. Un plan à longue échéance dans lequel le conflit avec le

Moyen-Orient avait sa place. Et, pour cela, tous les moyens étaient bons, même les plus ignobles. Bien sûr que don Giorgio n'était pas l'inventeur de la méthode pourrie ! Il n'avait jamais été qu'un proto-zoaire minable qui avait grandi dans le Milieu et s'était élevé au rang de *capo* grâce au nettoyage par le vide que Bolan avait réalisé lors de son premier passage sur Los Angeles. Il n'avait pas vu plus loin que le bout de ses souliers vernis d'ancien petit maquereau de L.A. Downtown. Augie Marinello, par contre, voyait loin, très loin, pratiquement à l'infini et en tout cas bien au-delà du continent américain. C'était lui qui avait monté l'opération de toutes pièces en utilisant les uns et les autres pour parvenir à son objectif.

Initialement, ainsi que l'Exécuteur l'avait envisagé, le sénateur-mafioso avait sûrement décidé de liquider les membres du clan Lippi dès que ceux-ci auraient terminé la mise au point de la magouille locale, pour l'élever ensuite sur le plan national puis international. Un sacré rêve ! Mais il y avait eu la faille provoquée par l'assassinat prématuré de Giorgio. Bolan en était de plus en plus convaincu, le *capo* était mort de la main d'un membre de sa propre famille.

Il eut un regard navré pour la fille qui, à présent, fixait son verre vide d'un œil flou, et demanda :

— Est-ce que le nom de Neal Townsend vous dit quelque chose ?

Elle eut comme un petit sanglot et répliqua :

— Oui. Je l'ai entendu prononcer à plusieurs reprises par Dean au téléphone. Il conversait avec lui, mais ce que j'entendais n'avait aucune significa-tion intéressante pour moi.

— Vous voulez dire qu'il parlait à mots couverts?

— C'est cela.

— O.K. Parlez-moi maintenant de ceux que vous avez filmés. Combien d'entre eux avez-vous vus en présence de Dean Cramer?

— D'abord Aldo Mantegna. Ça fait d'ailleurs assez longtemps qu'ils se voient. Puis il y a eu Angelo Lippi et ce type avec une tête d'oiseau de proie.

— Benedetto Caldara?

— Non, Ben Calhoun.

— C'est pareil. Et Nino Jacobi?

— Lui aussi, mais une fois seulement.

— Il était seul avec lui?

— Oui. Ils se sont enfermés dans le bureau et je n'ai pas pu entendre ce qu'ils disaient. Peut-être qu'ils se sont revus plusieurs fois, je n'étais pas toujours sur place.

Voilà donc où se situait la plaque tournante de l'affaire. Le politicard véreux était l'axe qui avait servi au montage occulte des rouages de tout le système en Californie et qu'à présent Augie Jr continuait de faire tourner pour rayonner tous azimuts. Non, vraiment, Dean Cramer n'avait rien du bon tonton dont sa nièce s'efforçait de garder l'image. Son vrai visage était celui de l'ignominie et de l'abjection.

En tout cas, la gangrène s'étendait dans des proportions affolantes.

Samantha se leva d'un coup, comme mue par un ressort, et l'apostropha d'une voix rauque :

— Ça vous va comme ça, la confession d'une fille stupide qui se prenait pour une fortiche?

Il vit des larmes dans ses yeux et lui adressa un gentil sourire.

— L'interview était excellente, Sam. Pas de quoi s'effondrer, vous avez fait un sacré boulot de pro.

— C'est ça! Consolez la bête. Je peux en profiter pour vous demander de me gratter dans le dos?

— Plus tard, peut-être.

— Je retiens la proposition.

Bolan se dégagea de la cloison et alla ouvrir un placard. D'un ton de petite fille, elle demanda :

— Qu'est-ce que vous allez faire, maintenant?

— Me changer pour aller à un rendez-vous.

— Oui, je vois! Dites-moi...

— Oui?

— Il y a une question que je ne vous ai pas posée. Pourquoi ne passez-vous pas la main aux agents fédéraux, maintenant que vous avez localisé l'adversaire et qu'il existe des preuves? Qu'est-ce qui vous oblige à continuer?

— Le contexte. Je pourrais très simplement téléphoner au FBI mais ça ne servirait à rien. Soyez sûre que les gros bonnets du Syndicat ont prévu cette éventualité. Alors, je vais passer au nettoyage.

— Pour libérer des âmes, peut-être? continua-t-elle d'une voix rauque.

— Exact. Je libère des âmes pour qu'elles échappent définitivement au système.

— Combien en avez-vous déjà libéré? Des dizaines, des centaines ou plus?

— Pas assez.

— Vous êtes atroce. Avez-vous déjà entendu parler du respect de la vie humaine et de la tolérance?

— Je ne veux pas entrer dans votre système de tolérance. C'est aussi au nom de la tolérance que la justice relâche des individus coupables des pires atrocités et qui n'ont d'autres soucis que de recommencer à tuer, à violer, à corrompre ou à torturer dès qu'ils sont sortis de taule. C'est un éternel recommencement. Au moins, lorsqu'une crapule crève, elle ne risque pas de recommencer. Votre système, je préfère le regarder de loin, un peu comme un observateur.

— Ou comme un Martien depuis sa soucoupe volante, qui observerait froidement une expérience sur la planète Terre ?

Bolan lui jeta un regard oblique.

— Si vous voulez, bien que je me sente très concerné par ce qui se passe chez moi. Je veux dire, sur cette planète.

— Vous parliez du système ? Que vouliez-vous dire ?

— Tant qu'on en fait partie, on ne peut rien pour le changer en quoi que ce soit. Il faut s'en retirer pour avoir la possibilité d'intervenir. Il est nécessaire de l'observer à la manière de votre Martien à bord de sa soucoupe volante. A partir de là, on comprend mieux les mécanismes lancés. Voyez ce qui se passe en ce moment. La société du XXᵉ siècle est en train de se casser la gueule par excès de tolérance, par laxisme. Parce que trop de gens possédant le pouvoir racontent aux autres qu'il est normal que la merde s'installe dans la société. La méthode est maintenant bien connue : Diviser pour régner, renverser les valeurs établies, souiller le peuple par la drogue, mélanger sans complexe religion, sexe et pseudo-psychanalyse afin que l'Occident finisse par perdre son identité... Tout ça fait partie d'un gigantesque complot dont l'objectif est, pour certains, d'affermir leur emprise sur le monde. Voilà pourquoi je ne suis pas partant pour une tolérance gratuite. La tolérance ne s'adresse qu'aux gens normaux, pas à la vermine toute-puissante. C'est valable pour n'importe quelle forme de société, l'histoire du monde nous le démontre.

— Ce que vous dites là est sûrement vrai, j'en suis hélas convaincue. Mais pour en revenir à des considérations beaucoup moins philosophiques, comment faites-vous pour duper la Mafia à répétition, par exemple comme vous l'avez fait ce matin? Je ne suis certainement pas la seule à me poser cette question.

· — Demandez-leur.

— Mais encore?

— Je les blitze. Je les ai tous identifiés. Je les localise, ensuite je m'efforce de détruire leur système à la con.

— Dites-moi, êtes-vous un soldat perdu et désespéré? Je veux dire, pour de vrai?

— Perdu, peut-être. Désespéré sûrement pas.

— Vous n'avez pas peur de laisser votre vie dans ce que vous appelez un blitz?

— Tout le monde doit mourir un jour.

— Mais le plus tard possible...

— Evidemment. C'est pourquoi je ne fonce jamais tête baissée comme un kamikaze. Dans un combat, quelle qu'en soit l'importance, l'information et la logistique occupent une grande place. L'intoxication psychologique aussi.

Elle allait poser une nouvelle question quand le radiotéléphone fit entendre son bip-bip lancinant.

L'Exécuteur consulta sa montre. Ça y était, la toile d'araignée tissée sur Los Angeles se mettait à vibrer. De gros insectes aux mandibules féroces n'allaient pas tarder à s'agiter en tous sens.

CHAPITRE XII

Bolan passa dans le module opérationnel où Blancanales avait déjà saisi l'appareil. Ce dernier le tendit en annonçant :

— Un certain Dakota...

Bolan n'avait pas jugé utile de lui dire qui était Dakota. Il se mit à l'écoute.

— Ça n'a pas été de la tarte de convaincre qui tu sais, déclara Nick Rafalo, mais ça marche. J'ai rendez-vous là-bas à 17 heures avec le magicien venu de l'est. Où se retrouve-t-on ?

— Sherman Oaks. A l'angle de Mulholland et de Beverly Glen. Ça te va ?

— Pas de problème.

— J'y serai quinze minutes avant l'heure. *Ciao*.

Bolan coupa la communication et forma un numéro sur le clavier, puis il mit l'amplificateur en fonction. Presque aussitôt, une voix aux inflexions inquiètes se fit entendre dans le module :

— Oui, j'écoute. Qui est-ce ?

L'Exécuteur donna la réplique dans un chuchotement :

— La situation devient très délicate, Dean.

Quelqu'un est en train de... enfin, je veux dire qu'il y a du danger à rester en ville. Faudrait rallier l'endroit où nous sommes.

— Comment ça, du danger? Qu'est-ce que ça...

— Bon Dieu, ça urge! Trois de nos contacts viennent d'avoir des ennuis définitifs. C'est une purge en règle.

— Vous êtes sûr?

Bolan ricana :

— On voudrait croire le contraire, mais y a pas la moindre erreur. Filez pendant qu'il en est encore temps et rejoignez-nous.

Après un silence pesant, la voix répondit :

— D'accord. Le temps de ranger certains papiers et...

— Non! Allez-y tout de suite. On va s'occuper de monter une planque là-bas. Ne soyez pas trop bavard quand vous serez sur place. Demandez Willow, personne d'autre. Et faites gaffe, ne téléphonez à personne pour indiquer où vous êtes, hein! recommanda Bolan en raccrochant.

Il se retourna et vit que Samantha Cramer avait franchi la porte du module.

— Vous avez entendu? fit-il en la fixant dans les yeux.

— Il aurait fallu être sourde! Qu'est-ce que vous avez en tête?

— Simplement le souci de réunir tous les acteurs sur la scène aux planches véreuses. Vous pensiez peut-être que votre cher tonton allait décliner l'invitation?

— Je vous en prie, Bolan, n'agitez pas le couteau dans la plaie. Vous m'avez pourtant affirmé

146

que vous n'y toucheriez pas si vous pouviez neutraliser les autres. Vous pensiez qu'il était récupérable.

— Après vous avoir entendue, je ne peux plus y croire. Vous avez déjà vu un loup de tout près ?

— Au zoo, oui, fit-elle en le suivant pour réintégrer le module habitable. Qu'est-ce que ça a à voir ?

— Isolément et derrière des barreaux, il n'est pas dangereux. Mais placez ce même loup en liberté au sein d'une harde, alors vous l'entendrez hurler avec les autres et ouvrir toute grande la gueule pour dévorer des proies sans défense. Tant qu'il s'agit de fauves, ça fait partie de la vie. Mais il est des humains qui sont bien pires que les loups. Ceux-là sont capables de se bouffer entre eux.

— C'est là-dessus que vous comptez, n'est-ce pas ? protesta-t-elle d'un ton horrifié.

— Entre autres choses, oui. Et, franchement, je souhaiterais me tromper en ce qui concerne Dean Cramer.

— Merci quand même ! Et puisque vous partez, moi aussi.

— C'est ça ! Montrez-vous dans cette cité pour que les cannibales puissent plus facilement vous remettre les pattes dessus.

— Je ne suis pas si stupide. Je tiens d'abord à passer à la station pour mettre certains documents en lieu sûr, et ensuite j'irai demander à une amie de m'héberger pour un jour ou deux. Ainsi, le grand guerrier à l'âme pure se fera moins de souci pour ma petite personne. Ça vous va ?

— Je n'ai aucun moyen de vous retenir, Sam. J'espère seulement que vous êtes assez lucide pour savoir ce que vous faites.

— Allez au diable! s'écria-t-elle en dénouant la ceinture de son peignoir qu'elle laissa ensuite tomber à ses pieds, se retrouvant dans une nudité intégrale.

Elle lui tourna le dos et commença à enfiler ses habits.

— Le diable est parfois bien tentateur, lui répondit-il avec un petit rire.

Puis il s'occupa de choisir son armement ainsi qu'un costume de ville sombre en alpaga.

En un temps record la fille fut habillée. Elle ébouriffa ses cheveux et lui fit face. Bolan lui tendit un imperméable léger en lui faisant remarquer plusieurs traces de sang séché sur ses vêtements.

— Mettez ça par-dessus si vous ne voulez pas qu'on vous prenne pour une terroriste en cavale.

Sans un mot elle passa l'imper et fit remarquer :

— La taille est bonne. C'est à une de vos petites amies?

— J'ai ici toute une panoplie de fringues, au cas où...

— Ouais, je vois..., répliqua Samantha avec un sourire.

Se haussant subitement sur la pointe des pieds, elle lui déposa un baiser furtif sur les lèvres.

— C'est pour l'imper, expliqua-t-elle en s'approchant de la portière.

Bolan la lui ouvrit, la laissant disparaître entre les autres caravanes du terrain de camping, et revint près de ses amis.

— Une drôle de nature! remarqua Gadgets en lançant à son ami un regard mi-amusé, mi-inquiet. J'espère qu'elle ne va pas faire une connerie.

148

Bolan haussa doucement les épaules. De toute façon, il n'y pouvait rien. Même s'il l'avait forcée à rester dans le char de guerre, ça n'aurait pas été pour autant une garantie de sécurité. Il allait peut-être devoir utiliser le *van* dans la phase finale de son blitz.

— Je prends la Corvette, indiqua-t-il. Gadgets, tu me suis avec la Ford, j'aurai à te confier un paquet-cadeau en cours de route.

— Et moi ? s'enquit Politicien.

— Tu te tiens à l'affût de tout ce qui peut arriver par radio dans ces appareils. Il se peut aussi que je te demande une assistance technique. Tu sauras te débrouiller si une dérivation intervient ?

— T'inquiète pas, mec. Ils entendront la voix de l'Amérique mafieuse !

— O.K., fit Bolan après lui avoir adressé un bref regard d'amitié.

Puis il quitta le gros mobil-home, prit le volant de la voiture de sport et en pointa l'axe sur le centre-ville. Schwarz le suivait à bonne distance.

Vingt-cinq minutes plus tard, l'Exécuteur arrêta son véhicule dans Atlantic Boulevard, près de Monterey Park, entra dans un immeuble de standing, un attaché-case à la main, et se fit déposer par l'ascenseur au septième étage. Repérant la porte où une plaque en cuivre mentionnait « Dean J. Cramer – Deputy Consultant », il actionna par prudence la sonnette d'entrée mais n'obtint aucune réponse.

D'une balle chuintante de 9 mm Parabellum, il fit sauter la serrure, ouvrit le battant qu'il repoussa derrière lui et franchit le hall d'entrée pour aller

149

visiter les trois pièces constituant les locaux de travail du politicien vendu à la Mafia : le bureau proprement dit, capitonné et comportant un mobilier en acajou marqueté qui avait dû coûter une fortune, puis une assez grande pièce bien décorée qui devait servir de salle d'attente, et une autre où trônait un ordinateur avec son imprimante, sans doute réservée aux tâches de secrétariat.

Ainsi que Bolan s'y attendait, l'endroit était inoccupé mais il y régnait encore une forte odeur de cigare. L'oiseau de proie avait quitté le nid depuis peu de temps, vraisemblablement tout de suite après avoir reçu l'appel téléphonique alarmant.

Très vite, s'aidant des informations que lui avait confiées la jeune journaliste, Bolan trouva ce qu'il cherchait : les vidéo-cassettes, d'abord, puis le dossier de comptabilité confidentielle ainsi que divers documents qui lui parurent dignes d'intérêt.

Ouvrant son attaché-case sur le bureau, il en sortit quatre grenades incendiaires au phosphore, les remplaça par les documents, referma la mallette et alla déposer trois engins militaires en divers points du bureau, plaçant la dernière grenade sur le tas qu'il avait fait avec les cassettes porno.

Trois minutes plus tard, Bolan marchait au devant d'un flic planté sur le trottoir et observant la circulation.

— Hé ! s'exclama-t-il. Vous devriez appeler les pompiers, mon vieux. Y a le feu, là-haut !

Tandis que le policier levait la tête vers le haut de l'immeuble dont une fenêtre laissait déjà échapper un flot de fumée noire, il rejoignit la Ford de Schwarz et lui tendit l'attaché-case.

150

— Fais photocopier ce qu'il y a là-dedans, indiqua-t-il. Emballe ensuite les originaux et expédie le paquet en express à notre ami de Washington. Sans doute y découvrira-t-il le remède à ses ennuis. Ensuite, tu rejoins Pol et tu attends.

— Ça marche, dit Gadgets. Et toi?

— Je vais rigoler un peu avec les vedettes du showbiz.

Schwarz soupira.

— Tu devrais me laisser te couvrir, Mack. La température risque de monter d'un seul coup.

— C'est bien ce que j'espère, repartit Bolan. Mais pas question de couverture, tu rentres.

Il lui envoya une petite claque sur l'épaule avant de s'éloigner en direction de la Corvette.

Le véhicule devait à présent l'amener à pied d'œuvre pour le dernier acte de cette pièce jouée en cachette par des acteurs dégénérés, ivres de pouvoir et assujettis à la trahison, à la perfidie. Les dés du destin allaient être jetés sur un tapis parsemé des immondes souillures de l'*Organized Crime*.

Mais cette fois, tout au moins officiellement, Bolan ne devait pas se montrer, il ne bénéficierait pas de l'effet de surprise d'une attaque lancée au cœur de la nuit ou à l'aube, avec l'attirail de guerre dont il disposait.

Habituellement, l'un de ses principaux atouts consistait à apparaître soudainement là où on l'attendait le moins, à frapper et frapper encore jusqu'à ce que l'ennemi hurle à la mort avant de s'avachir dans son propre sang. L'Exécuteur était le pire cauchemar des *amici*, au point que la plupart d'entre eux pensaient superstitieusement que parler de lui risquait de le faire surgir dans leur environnement.

Mais cette mission californienne requérait une stratégie différente. Pour la réussir tout en sauvant son ami de Washington, il lui était interdit de faire intervenir un blitz conventionnel.

Pourtant, d'une certaine façon, Mack Bolan avait décidé d'utiliser l'image-clé qui effrayait tant la Mafia. Après avoir semé la méfiance et l'incertitude, il allait se servir d'un leurre.

Le spectre lugubre de l'Exécuteur participerait à la fiesta.

CHAPITRE XIII

— Ecoutez, je vous ai déjà dit plusieurs fois comment ça s'est passé, fit Tony Navara d'une voix éteinte. Bon Dieu, j'en sais pas plus !

Il s'était effondré dans un profond fauteuil en cuir, les yeux rougis et la mâchoire pendante. Son visage était constellé de petits morceaux de sparadrap recouvrant les blessures occasionnées par les éclats de pare-brise. Assis en face de lui, encadré par deux gorilles, Charly Maglione le fixait d'un regard mauvais. Cela faisait près de trois quarts d'heure que l'interrogatoire se poursuivait et le chef de l'équipe décimée n'était pas à la joie.

— Je veux encore te l'entendre dire, cracha Maglione. Tu ne me feras pas croire qu'un seul type a réussi à bousiller toute ton équipe, Tony. Décris-le-moi encore. Comment était-il ? Grand, gros, maigre ?...

— Grand et mauvais comme la teigne, ça, y a pas d'erreur, récita pour la énième fois l'armoire à glace qui essayait de se faire tout petit. Mais je l'ai pas bien vu, j'avais du sang partout sur la tête et les yeux brouillés, je... J'ai surtout senti le canon tout chaud de l'énorme calibre qu'il m'appuyait sur la joue. Je vous ai dit tout ce que je sais, monsieur Charly, faut me croire. Pourquoi est-ce que je vous raconterais des blagues ?

— Qu'est-ce qu'il avait comme arme ?

— Je sais pas. Mais c'était une grosse.

— Et il t'a demandé où était Frank, c'est bien ça ?

— Ouais. Et il avait pas l'air de bien le blairer. Il m'a questionné aussi sur monsieur Jacobi et sur Flipper Donovan. Il voulait savoir si je les connaissais. Jo Lipsky, aussi…

— Rien sur Angelo ?

Tony Navara hocha négativement la tête, le regard pitoyable. Il ajouta :

— C'est comme je vous l'ai dit. Quand j'ai refait surface, j'ai vu tous ces pauvres gars qui baignaient dans leur sang. Max n'avait plus de tête et celle de Bud ressemblait à un bol qui aurait contenu des déchets de viande et…

— Ta gueule ! aboya « monsieur Charly ». Tu me l'as déjà dit.

— Ouais, c'est vrai, admit le pauvre Tony. J'vous ai dit aussi tout le reste.

— Oui, oui. Et la fille avait disparu…

— Y avait plus aucune trace d'elle. C'était comme si on l'avait jamais embarquée dans la bagnole…

Il s'interrompit un instant comme s'il faisait un effort de mémoire.

— Attendez… J'suis tombé un moment dans les vaps, mais après, je crois que j'ai entendu un moteur de voiture qui démarrait. Et puis plus rien.

Y a eu ensuite des connards qui se sont arrêtés pour regarder l'accident et...

— Ce type n'était donc pas seul ?

— C'est possible. Y avait peut-être des copains à lui qui le couvraient. En tout cas, je suis sûr que c'est un professionnel, un putain d'enfoiré vachement mauvais !

— Pourquoi t'es pas venu me rencarder plus tôt ?

— La flicaille. Ils m'ont interrogé pendant plus d'une heure et ils ont vérifié mon port d'arme... Enfin, tout ça...

— O.K., conclut Maglione. Fais-toi faire une piqûre pour que tes saloperies de plaies s'infectent pas et repose-toi un peu. Mais te barre pas, hein ?

Tournant le dos au chef d'équipe effondré, il quitta la pièce et descendit au rez-de-chaussée, ses deux gardes du corps sur les talons. Dans le hall, il croisa Nino Jacobi qui lui demanda succinctement :

— Alors ?

— Rien. Ils se sont fait allumer sans comprendre et sans rien voir.

— Tu as une idée sur ceux qui ont pu faire ça ? demanda le conseiller de Giorgio avec de l'inquiétude dans le ton.

— Aucune. Mais je crois qu'on pourrait avoir bientôt des nouvelles à ce sujet, fit Maglione d'un air concentré.

Puis il poursuivit son chemin vers le grand salon où plusieurs hommes étaient rassemblés.

Il les observa tour à tour avec attention, comme s'il essayait de capter leurs pensées. Al Vizzini discutait avec Lucky Valone près du bar clinquant, au fond de la pièce. Orlando, le Bâtard, était assis à califourchon sur une chaise, une coupe de champagne à la main, tandis qu'Aldo Mantegna n'en finissait pas de passer un peigne dans ses cheveux gominés, regardant passivement le parc à travers une baie vitrée. Carré dans un canapé, le gros Angelo Lippi enfonçait délicatement un mouchoir en soie dans l'une de ses énormes narines tout en donnant la réplique à Frank Attia qui s'était assis d'une fesse sur l'accoudoir.

Au premier examen, on aurait pu croire qu'ils attendaient tous que quelque chose de miraculeux se produise, que quelqu'un leur annonce que l'ordre était revenu et qu'ils pouvaient tranquillement rentrer chez eux. Mais Maglione pensait qu'il y avait une saloperie dans l'air. Ce climat n'était pas sain du tout. Pire, il empestait la fourberie et la spéculation dégueulasse. Depuis les événements de la matinée, une impression morbide s'était emparée du Roi du racket qui se demandait combien il y avait de faux-culs dans l'assemblée et comment cette saleté de journée allait se terminer.

Et les hommes que Frank Attia avait amenés avec lui et qui traînaient çà et là, avachis dans des fauteuils, n'étaient pas faits pour réchauffer l'atmosphère, avec leurs gueules de dégénérés prêts à vous trancher la gorge au moindre claquement de doigts. Il y en avait six dans le salon et une bonne dizaine à l'extérieur, dans le parc.

Toujours suivi par ses deux gorilles, il alla se verser un verre de vin au bar et s'approcha doucement d'Attia, interrompant la conversation de celui-ci avec « Gros nasaux ».

— Je me pose une question depuis un bon moment, Frank, laissa-t-il tomber du bout des lèvres.

— Je peux y apporter une réponse ? fit aimablement l'interpellé.

— Peut-être. Qu'est-ce que tu fais de positif pour résoudre notre problème ? Nous sommes tous enfermés ici sans aucune nouvelle de l'extérieur et...

— Relax, Charly ! Ici, tout le monde est en sécurité. Mais ne crois pas que je reste les deux pieds dans la même godasse. Y a eu du nouveau.

— J'en suis ravi, répliqua Maglione d'un ton persifleur.

— Pendant que tu étais en train de palabrer avec ton chef d'équipe, on nous a signalé que le burlingue de Cramer s'était transformé en fumée.

— C'est ça que tu appelles du nouveau ?

— Frank a envoyé des hommes sur place, intervint Angelo Lippi. Il pense que c'est un coup de la combinaison noire.

— Il pense peut-être aussi que ce mec est resté sur place ensuite ? ricana Maglione.

Frank Attia se permit un sourire de fauve et rétorqua :

— Laisse-moi diriger le boulot à ma façon, Charly. Je sais très bien comment cette ordure opère. On finira par lui mettre la main dessus. Qu'est-ce que ton gars t'a dit à propos de ce coup foireux avec la fille ?

Maglione but une gorgée de vin sans cesser de fixer le tueur d'élite et répondit d'une voix calculée :

— Ils se sont fait avoir par un mec qui avait un gros flingue et plein de munitions à leur faire péter à la gueule. Un gros flingue comme le tien, ajouta le Roi du racket en montrant du doigt l'arme qui apparaissait sous l'aisselle d'Attia par la veste entrouverte. C'est quoi exactement ?

Frank sourit de nouveau.

— Un Grizzli .45 magnum automatique.

— J'ai entendu dire que Bolan se sert lui aussi d'un calibre dans le genre de celui-là. T'es au courant, je suppose...

Du coin de l'œil, il nota que le chef de la garde, un gars trapu aux gros sourcils posté près de l'entrée, portait un talky-walky à son oreille puis crachotait quelques mots dans le micro.

— Tu veux le voir ? fit le buteur de la côte Est sans cesser de sourire.

Il tendit l'arme imposante que Maglione saisit avec méfiance et renifla avant de la restituer à son propriétaire en commentant :

— Un sacré outil !

— Et suffisant pour faire péter les tronches les plus dures, prononça doucement Frank sans desserrer les mâchoires. Tu veux peut-être aussi savoir où j'étais quand tes guignols se sont fait aplatir ?

— Hé ! Ne va rien imaginer, intervint Angelo d'une voix inquiète. Charly est un peu nerveux, c'est tout !

— Ça va, Angie, je suis pas nerveux du tout. Et puisque Frank le propose, faut pas l'empêcher de dire ce qu'il faisait, parce que personne ne l'a vu ici à ce moment-là. Et ce serait bien qu'il n'y ait pas de quiproquo entre nous. Pas vrai, Frankie ?

— D'accord. C'est moi qui ai dessoudé tes gus. Ça te va?

Le Roi du racket se raidit. Ses doigts blanchirent sur le verre de vin qu'il tenait toujours. En quelques secondes, la tension était montée de plusieurs crans entre les deux hommes. A trois mètres du canapé, les gardes du corps de Maglione firent un geste coulé de la main vers l'échancrure de leurs vestes. Les énormes narines d'Angelo eurent un frémissement et il s'apprêtait de nouveau à lancer un mot d'apaisement quand Frank se mit à rigoler doucement, le visage soudain décontracté.

— O.K., c'est bon! Excuse-moi, Charly, je voulais voir si tes nerfs sont aussi solides que tu le dis. Quand j'aurai un moment, je te dirai comment je vérifiais le cordon de sécurité autour de la maison à ce moment-là. Bon, faudrait...

Attia s'interrompit pour jeter un coup d'œil vers l'entrée où venait d'apparaître un type d'une cinquantaine d'années vêtu avec recherche.

— Qui est-ce? s'enquit-il.

— Cramer, indiqua Angelo tandis que l'arrivant se dirigeait à grands pas vers Aldo Mantegna. On dirait vraiment qu'il a eu chaud aux fesses!

Maglione posa son verre de vin sur une table basse et, délaissant ses deux interlocuteurs, partit sur les traces du nouveau venu. Il le rejoignit à l'instant où celui-ci s'arrêtait devant le Gominé et lui chuchotait quelque chose tout contre l'oreille. Puis, le Bâtard se leva vivement de sa chaise comme s'il se réveillait et se planta devant eux.

— Salut, fit-il à l'adresse du politicien. Je savais pas que vous étiez en affaires avec nous, Dean. Il paraît que vous l'avez échappé belle.

Il avait l'œil brillant et la voix légèrement pâteuse.

Cramer haussa un seul sourcil.

— Qu'est-ce que vous voulez dire ?

— Tu n'es pas au courant pour ton bureau ? fit le gominé.

— Au courant de quoi ?

— Merde ! Tout a cramé chez toi tout à l'heure. Je pensais que c'était pour ça que tu...

— Quoi ? croassa le politicien qui devint livide et avisa un fauteuil dans lequel il se laissa tomber.

Mantegna se baissa un peu pour lui expliquer :

— Enfin, Dean, t'es vraiment pas au courant ?

— Attends... Passe-moi quelque chose à boire, tu veux ?

Le Gominé alla au bar et attrapa une bouteille de scotch tandis que le député véreux se passait la langue sur ses lèvres soudainement desséchées, tout en marmonnant :

— Les documents. Ils doivent bien les avoir sortis... Et Willow... Willow m'avait dit qu'il s'en occuperait...

— De qui vous parlez ? demanda Orlando qui s'était approché tout contre lui d'un air curieux.

— Bon Dieu, Willow m'avait prévenu, continua Cramer l'œil dans le vague.

— Hé ! Doucement, chuinta le bâtard en promenant un rapide regard autour de lui. Si je me goure pas, vous feriez bien de pas trop parler devant tous ces mecs... Vous avez bien dit Willow ?

— Vous savez où il est ?

— P't'être bien. Je crois qu'on devrait sortir un moment pour discuter, Dean. Faites pas cette gueule, bon Dieu !

160

Dodo Mantegna arriva avec un verre plein de whisky à l'instant où le politicien franchissait une porte vitrée, gentiment poussé par Orlando en direction du jardin.

— Qu'est-ce qu'il maquille, celui-là ? demanda méchamment le Gominé en parlant d'évidence du « Bâtard ».

— Va le lui demander, fit Maglione en haussant les épaules.

Sans plus accorder d'attention à Dodo Manty, il alla se remplir un nouveau verre de vin, alluma un cigare et s'installa dans un fauteuil près de la porte du hall d'entrée.

Quelques instants plus tard, il remarqua le manège du chef de la garde qui parlait en sourdine à Attia puis s'éloignait discrètement comme s'il venait de remplir une mission secrète.

Tout en scrutant les hommes présents autour de lui, Maglione se triturait les méninges et le résultat de ses réflexions n'était pas spécialement optimiste. Plus le temps passait, plus cette attente à la con lui paraissait dangereuse. Jamais il n'était resté dans l'expectative quand il y avait un coup dur, il avait toujours réfléchi très vite à la situation puis avait su prendre de vraies décisions. D'accord, cette planque paraissait sûre, mais...

La propriété était située à l'ouest de Hollywood. Elle avait été construite au temps de l'occupation espagnole comme une sorte d'élégant fortin, avec près de deux hectares d'espaces verts tout autour et un mur d'enceinte haut de deux mètres cinquante. Vers les années quarante, lorsque Hollywood – la cité dans la Cité – avait commencé à grandir vertigineusement, la grande demeure de maître avait failli être englobée dans l'ensemble des constructions édifiées pour l'industrie cinématographique. Mais une décision du gouverneur de Californie l'avait épargnée, la classant monument historique, et les propriétaires d'alors s'étaient ensuite vus expropriés pour n'avoir pu assumer les frais d'une remise en état ordonnée par le maire. Personne, sauf de rares « initiés », ne savait que la Mafia de l'époque avait œuvré occultement pour mener cette opération à bien et s'approprier le domaine. Celui-ci était passé entre les mains de don Angeletti, puis loué épisodiquement à des producteurs pour des tournages de films, dont la fameuse série *Zorro*, avant de faire partie du patrimoine Lippi à travers un homme de paille, Vito Fontana, qui avait été chargé d'y organiser des partouzes pour certaines grosses légumes californiennes.

Plus récemment, la belle propriété avait servi à la « formation » des comédiennes recrutées par le clan pour le montage du nouveau Carrousel californien. Et, depuis le décès du pauvre Giorgio, on avait temporairement évacué les filles ainsi que les « formateurs », le temps de réorganiser les structures quelque peu branlantes.

Sans compter les soldats amenés par ce prétentieux de Frank, il y avait une vingtaine de buteurs qui montaient une garde vigilante tout autour de la maison, plus un cordon de sécurité au-delà du mur d'enceinte. De jeunes mecs qui faisaient partie de l'Organisation de Los Angeles, bien entraînés, et qui savaient défourailler au dixième de seconde. Et il y avait des alarmes à infrarouge dissimulées un peu partout.

Il semblait donc totalement exclu que la combinaison noire tente une attaque dans ces conditions. Un suicide ! Malgré cela, le sentiment d'insécurité que Maglione éprouvait depuis cette merde de bombardement dans la maison de Giorgio ne faisait qu'augmenter sans qu'il puisse comprendre exactement pourquoi.

Il se demanda subitement où était passé son ami Doug Massandri qu'il n'avait pas vu depuis près d'une heure, se leva pour se mettre à sa recherche et faillit prendre dans le nez la porte du hall qui s'ouvrit assez brusquement, poussée par le chef de la garde. Celui-ci fit un signe à l'intention d'Attia, à l'extrémité du salon, puis laissa passer deux hommes dont un, grand et de stature athlétique, était habillé d'un costard coûteux et avait la démarche souple d'un grand fauve. Il portait des lunettes à fines montures dorées et une montre en or était visible à son poignet. Machinalement, le roi du Racket pensa à ces As noirs d'une époque assez récente. C'était peut-être la stature imposante du type, l'aspect granitique de son visage, ou la sensation de férocité qui s'en dégageait comme une aura, qui incrustait subitement cette image dans l'esprit de Charly Maglione. Ou bien le tout à la fois. Il y avait visiblement une certaine similitude entre Attia et ce mec. Mais, instinctivement, quelque chose clochait dans la comparaison.

Du coup, son attention s'éveilla et il se mit à observer attentivement les nouveaux venus qui se frayaient un chemin vers Frank le Prétentieux.

— Salut, Nick, fit Angelo Lippi qui s'était levé pesamment pour accueillir les arrivants.

Attia regardait fixement le grand type à côté de Nick Rafalo qui s'empressa de faire les présentations :

— C'est Glen Falcone, il nous arrive tout droit de là-bas et il est porteur de nouvelles.

— Salut, Frank! dit aimablement le nouveau venu. Ça baigne?

Attia n'avait pas du tout l'air enchanté par cette nouvelle présence.

— Ouais, grimaça-t-il. Les affaires sont bien en main.

— Je l'espère, Frank. Il faut qu'on parle tous les deux. Tu veux m'accorder une minute?

Laissant Rafalo en compagnie du demi-frère de Giorgio, ils s'éloignèrent vers le hall d'entrée puis firent quelques pas dans le couloir désert.

— Je peux savoir ce qui se passe? demanda sèchement Frank.

Falcone lui fit un sourire bizarre et répliqua d'un ton cassant par une autre question :

— Où en es-tu exactement?

— Quoi?

— Je t'ai demandé où tu en es. Il veut savoir. Autrement dit, c'est pour quand?

— Tu veux parler de...

— De quoi veux-tu que je parle? grinça l'emmerdeur venu de l'Est.

Frank soupira, répondit avec mauvaise grâce :

— Ça doit se faire demain matin à l'aube. Le temps que tout le système soit en place...

— D'après ce que j'ai vu, il l'est déjà. Mais je vois aussi qu'il y a du monde en trop.

Avec un air entendu, Attia répliqua :

— Ceux-là, je vais les sortir du jeu rapidement, mais je veux pas donner l'éveil aux autres. C'est pour ça qu'il me faut encore quelques heures.

— Ouais... Tu as fait du bon travail, Frankie, mais tu sais à quel point il tient à ce que tout se passe en souplesse...

— Pas de problème, fit Frank d'un ton radouci. Tu es apparenté avec, heu... l'autre Falcone?

D'évidence, il faisait allusion à l'un des hommes de confiance d'Augie Jr, à Philadelphie.

— Je ne crois pas t'avoir bien entendu, Frank...

Attia se rembrunit, comprenant qu'il venait de gaffer. Le protocole de la Mafia italo-américaine, en effet, interdisait à un exécutant de poser ce genre de question. Et il avait beau être mandaté par l'homme qui revendiquait le trône suprême de l'Organisation, il n'en était pas moins un maillon intermédiaire de l'Organisation, soumis aux règles draconiennes de la hiérarchie mafieuse, alors que le visiteur venu de Philadelphie semblait faire partie du Saint des saints.

— Excuse-moi, Glen, je savais pas vraiment qui tu étais.

— N'en parlons plus. Pensons plutôt à réussir ce coup avant l'aube, dit Falcone d'un ton tranchant. Le Grand fumier n'attendra pas, lui.

— La combinaison noire est loin d'ici, je vois pas pourquoi on s'en ferait à ce sujet.

— Tu te trompes.

— Nick m'a signalé cet après-midi que...

— C'était de l'intox! Nick a eu une information périmée, il te le confirmera. Aux dernières nouvelles, on a appris que Bolan est bien à L.A., expliqua durement Bolan-Falcone. C'est pour ça que je suis ici. Et on n'a même pas une heure devant nous pour se remuer le cul!

CHAPITRE XIV

Frank Attia cracha sourdement :

— C'est de la foutaise !

— Continue de penser de cette façon et tu vas gagner le gros lot, dit Bolan. Combien te faut-il de temps pour faire venir tes hommes restés à l'extérieur ?

— Une demi-heure tout au plus.

— Fais le nécessaire pour qu'ils rappliquent le plus vite possible. Si on ne se magne pas, ce ne sera plus nécessaire de jouer la comédie, on devra faire dans le vrai !

— Nom de Dieu de merde !...

— T'excite pas. Faut rester froid si on veut tirer les bons marrons du feu. Je suis là pour t'aider, Frank, pas pour t'emmerder. Où sont les... préparatifs ?

— Dans, heu... Dans ma caisse. Au garage.

— O.K. Rameute tout de suite tes gars, et dis-leur de se radiner sans faire de bruit. Moi, je vais renifler un peu l'ambiance auprès des pigeons. Et laisse surtout pas filtrer l'information !

— D'accord. Mais je devrais d'abord en parler à

Lipsky. Il m'a dit de le tenir au courant s'il y avait un changement.

Bolan prit un air méprisant :

— Jo est déjà au courant. Tu t'imagines peut-être qu'on est restés à glander là-bas ?

Puis il le planta dans le couloir et s'achemina vers le grand salon où il avisa Benedetto Caldara. L'ancien acteur au profil d'oiseau de proie était occupé à feuilleter un carnet d'adresses près du téléphone quand il le rejoignit.

— Tu as un problème, Ben ?

— Pourquoi ? Est-ce que j'ai l'air d'en avoir ?

— J'espère que tu en as, et bien accrochées, sourit Bolan. Puis, redevenant sérieux : Je croyais que tu te souvenais de notre conversation au téléphone.

— Evidemment, dit Caldara avec un ricanement amer.

Il jeta un regard méfiant autour de lui et sa voix ne fut plus qu'un souffle :

— La fille est dans le pavillon au bout du parc. Elle a été un peu shootée mais ça va. Qu'est-ce que vous comptez faire ?

— Tu le verras bien. Reste à proximité et tiens-toi prêt, répliqua Bolan qui s'interrompit ensuite en voyant Lucky Valone s'approcher d'eux.

Le boss des jeux clandestins avait une mine sinistre.

— Il paraît que vous êtes un pote de Frank ? s'enquit-il d'un ton fielleux.

Bolan lui fit une grimace puis passa amicalement un bras sous le sien et l'entraîna à l'écart.

— C'est pas tout à fait ça, expliqua-t-il lorsqu'ils

eurent fait quelques pas sur la terrasse. Je crois que toi et moi, Bud, on devrait avoir une petite discussion.

— Ouais?

— Tu as toujours été l'ami de Giorgio, n'est-ce pas?

— Qu'est-ce que ça peut vous foutre? Et qu'est-ce que vous voulez exactement?

— Empêcher que toi et quelques autres se fassent baiser la gueule par les pourris de Philadelphie.

— Ça veut dire quoi, tout ça?

— Que penses-tu de Frank?

Valone baissa la tête et s'enferma dans le silence.

— Je t'ai posé une question.

— J'ai rien à dire. Vous le connaissez mieux que moi.

— Tu as entendu parler du cheval de Troie?

— Cette histoire de canasson en bois qui contenait des mecs armés et que d'autres gus avaient fait entrer dans la ville pour...

— C'est à peu près ça, l'interrompit Bolan-Falcone qui baissa ensuite la voix pour expliquer d'un ton confidentiel : Frank est en quelque sorte un cheval de Troie. Ou le loup dans la bergerie, si tu préfères...

— Dites, qu'est-ce que c'est que ce bordel?

Bolan s'avança jusqu'à l'extrémité de la terrasse, attendant calmement que Valone le rejoigne.

— C'est pas du charre, Bud. Frank Attia n'a jamais été délégué ici par le conseil de Manhattan. C'est Frank la Merde que tu devrais l'appeler.

— Mais alors?...

— C'est le guignol de Philadelphie qui vous l'a envoyé. Tu comprends ce que ça signifie ? J'ai fait semblant de jouer son jeu pour ne pas lui donner l'éveil. Il croit dur comme fer que je débarque de Philly, moi aussi. Mais c'est un putain d'enfoiré qui s'est arrangé pour vous faire tous rassembler dans cette baraque afin de vous trancher ensuite tranquillement la gorge. Le plan est simple et consiste à déblayer ce territoire pour en prendre possession. Et tout le monde a été dupe.

— Merde ! gronda sourdement Valone en serrant les mâchoires. Est-ce que je dois vraiment croire ça ?

— Si tu veux continuer à vivre, sois-en bien persuadé.

— Je me doutais que ce mec était un fumier !

— C'est pire que ça.

— Merde, merde, merde ! fulmina encore Bud le Chanceux. Faut lui casser la gueule, à cette ordure !

— C'est ça ! Joue au con et tu vas gagner ! Ne le prends pas pour un débile, fais plutôt le compte des hommes qu'il a postés dans la maison. Combien y en a-t-il, Bud ?

— Un peu moins d'une vingtaine. On les aura à la surprise.

— T'es con ou quoi ? Je te pose maintenant une autre question : qui l'a introduit ici ?

— Ben... Il s'est amené avec Angelo.

— Et combien Angelo a-t-il de gars avec lui en ce moment ?

— Ouais, je vois ce que vous voulez dire...

— Pas vraiment. Il va aussi falloir compter avec les gus de Nino. D'après ce que j'ai vu, ils sont une bonne dizaine.

170

— Quoi? Lui aussi?...

Bolan soupira.

— Je vais commencer à croire que tu as la cervelle ramollie, Lucky. Toi et ceux qui ont été choisis pour aller à l'abattoir... C'est Flipper Donovan qui a tué ton ami Giorgio sur l'ordre de Nino. Est-ce que ça te suffit?

— Putain, c'est de la démence! Mais comment est-ce que vous pouvez en être sûr? Je veux bien vous croire, mais qu'est-ce qui me prouve que vous n'êtes pas en train de me monter un turbin?

— Tu peux dégotter un magnétophone? fit Bolan d'un ton insidieux.

— Ouais, bien sûr.

— Ecoute ça en douce et je n'aurai plus rien à t'expliquer, compléta-t-il en lui passant discrètement une cassette magnétique.

Il s'agissait de plusieurs enregistrements qui avaient été faits depuis le début de la journée. Un montage réalisé dans le char de guerre, truffé de coupures mais suffisamment explicite pour exciter l'ambiance déjà passablement électrique.

— Et je suis censé faire quoi ensuite? demanda Valone en empochant la cassette.

— Parle discrètement à Doug et Charly. A Fredo aussi. Ils sont sur la même liste que toi. Dis-leur de se tenir prêts, mais de ne rien faire avant que j'en sois informé.

Valone eut soudain l'air inquiet.

— Avec les effectifs de Charly et Doug, plus les miens, ça ne fait qu'une quinzaine d'hommes. Et Alfredo n'a que deux buteurs avec lui...

— J'attends du renfort d'un instant à l'autre,

confia Bolan. Ce sera suffisant pour renverser la situation si tes amis ne déconnent pas. Et dis-leur bien qu'ils la ferment.

Il prit le temps d'allumer une cigarette puis tourna le dos à Valone et réintégra la grande salle. Ni Frank Attia ni Rafalo n'étaient visibles. Curieusement, l'endroit s'était à moitié vidé en quelques instants. Il y avait encore Aldo Mantegna, Alfredo Vizzini et « Gros naseaux », ainsi que quelques buteurs de service qui occupaient nonchalamment des sièges. Leur attitude apparemment indolente cachait mal la tension qui s'était appesantie sur la grande maison. Les regards de ces types étaient à l'affût du moindre mouvement anormal, de la plus petite incohérence dans le comportement mutuel des chefs restés dans le salon. Chacun d'eux guettait un signal.

Bolan passa près de Vizzini en lui adressant un clin d'œil complice, poursuivit son chemin dans le hall où il découvrit Orlando en conversation avec Ben Calhoun.

— Ramène-toi, lui dit-il sèchement. Faut que je te parle.

Après une brève hésitation, le Bâtard le suivit sur le perron de l'entrée. Bolan lui fit faire quelques pas supplémentaires dans l'allée.

— Tu tiens le coup ? lui demanda-t-il en s'arrêtant près d'une statue en pierre représentant une femme nue armée d'une longue épée.

— Ça va, ouais. Pourquoi ?

— On a dû te demander de tenir bon...

— Peut-être, fit évasivement Orlando d'un air méfiant.

Il avait l'œil brillant et la voix légèrement pâteuse.

— Tu t'es beurré la gueule ou c'est une piquouze ?

— Juste deux ou trois verres pour garder le moral. Qu'est-ce que vous voulez me dire, Falcone ?

— Appelle-moi Willow, mais que ça reste entre nous.

Une lueur d'intérêt s'alluma soudain dans le regard du Bâtard qui se mit à rigoler :

— Je me demandais si on ne m'avait pas raconté des craques. Bon, quel est le programme, Willow ?

Il n'avait l'air ni vraiment surpris, ni spécialement inquiet et Bolan pensa qu'il avait dû drôlement s'accrocher au bar pour se calmer les nerfs. C'était une excellente chose.

— Tu vas commencer par prendre le volant de ta caisse et aller faire un tour à la Starlight. Je veux que tu me ramènes David Feldtham. Tu en as pour vingt minutes au maximum.

— Ce pantin ? Qu'est-ce qu'il a à voir avec...

— Beaucoup plus que tu l'imagines. Il va nous permettre de foutre le nez dans leur merde à certains...

— A Frank, par exemple ?

Bolan découvrit ses dents dans un sourire de fauve.

— Tu vas sans doute avoir la surprise de ta vie, Orlando. Ceux qui marchent dans la combine vont eux aussi en prendre plein la gueule, mais faut y aller avec des atouts en main. On a dû te dire que nous comptons sur toi ?

— Vous serez pas déçu. J'ai réfléchi à tout ce qu'on m'a dit. C'est une sacrée opportunité, hein ?

— Encore plus que tu le penses. On va pouvoir frapper un grand coup une bonne fois pour toutes et assainir ce territoire, à condition de jouer comme des pros. Bon, perds pas de temps, les dés vont bientôt être lancés. Tu es chargé ?

Orlando Lippi tapota le côté gauche de sa veste.

— J'ai un calibre bien au chaud pour le cas où...

— O.K., mais t'en sers pas inconsidérément. Je veux ce pantin vivant et en bon état. Quand tu reviendras, planque discrètement ta tire dans le garage.

— T'inquiète ! assura le Bâtard en faisant une petite pirouette maladroite pour se diriger ensuite vers sa Ferrari.

Bolan jeta un coup d'œil à sa montre. Il allait devoir à présent travailler au chrono pour continuer son plan. Cette fin d'après-midi s'annonçait comme une bombe à retardement dont il aurait remonté le ressort et qui devait péter ponctuellement sous peine de le détruire par la même occasion. Une vie innocente risquait aussi de s'interrompre brutalement si une seule erreur de manœuvre devait intervenir au cours des instants qui allaient suivre. Debbie Manson, la fille de Jim Brantzen, était enfermée tout près de la grande bâtisse, presque à portée de main, mais la retirer du circuit maudit, au milieu d'une armée de tueurs prêts à cracher leur mitraille, relevait presque de la gageure.

Bolan avait annoncé à Nick Rafalo que pour une fois il ferait dans la dentelle. Tu parles ! L'opération se présentait comme un puzzle infernal dont la pièce maîtresse ne reposait que sur un bluff démentiel. Le jeu vicieux s'appelait : « Dis-moi qui tu es et je te dirai qui je ne suis pas ». Et il était mortel.

CHAPITRE XV

Dès qu'il fut dans le hall d'entrée, Bolan aperçut Nick Rafalo qui se dirigeait vers le salon. Nick l'attendit, lui jeta un coup d'œil latéral.

— Tu me fous les jetons, confia-t-il à voix basse. C'est de la démence, on ne sortira jamais vivants d'ici, tous ces types sont à cran et prêts à sortir leurs pétoires pour tirer tous azimuts.

— C'est exactement ce que je voulais, gloussa Bolan.

— Je viens d'avoir une petite discussion avec Frank. En résumé, il compte bien se servir de toi pour son opération nettoyage.

La taupe fédérale baissa encore la voix :

— Je veux dire, de la combinaison noire...

— Tu lui as bien fait passer le message à ce sujet ?

— Bien sûr. Il assure que ça n'a aucune importance que la combinaison soit ou ne soit pas à L.A.

— Je lui ai dit que c'était de l'intox.

— C'est bien ce que j'avais compris, soupira Rafalo, on est en pleine démence.

— Que t'a-t-il dit encore ?

— Que tu apparaîtras quoi qu'il arrive. Je crois qu'il envisage une drôle de mascarade. Il m'a dit en se marrant que quelqu'un jouerait ce rôle, sans doute un de ses hommes. Comme ça, aux yeux de tous, lui et sa troupe resteront parfaitement vierges. Augie aussi, par la même occasion. En ce qui te concerne, il estime que tu ne te manifesteras pas avant l'aube et qu'il aura donc le temps de réaliser sa petite fiesta, pour ensuite faire tranquillement sa valise.

— Ça recoupe bien ce que j'avais compris.

Rafalo baissa un peu la tête.

— En tout cas, ça promet d'être saignant.

— Où est-il en ce moment ?

— Avec ses deux chefs d'équipe. Un briefing, je suppose.

— O.K. Tu vas retourner le voir et tu lui demanderas de me rejoindre tout de suite au garage. Annonce-lui que j'ai quelque chose à lui montrer.

— Il risque de se méfier.

— Pas si tu l'accompagnes.

— Ouais, sans doute. Mais j'aime pas beaucoup ça.

— Moi non plus, dit Bolan. Mais tout va se jouer à partir de là.

Après lui avoir envoyé une petite tape sur l'épaule, il ressortit, alluma une cigarette pour se donner le temps d'observer les gardes répartis sur le devant de la maison, puis s'achemina vers le garage en faisant un large détour nonchalant.

Une porte métallique à bascule fonctionnant à l'aide d'une cellule photoélectrique en fermait l'accès. L'Exécuteur choisit d'y pénétrer par une petite porte latérale.

Il y avait six véhicules dans le grand abri en béton accolé discrètement à la belle bâtisse. L'endroit était tranquille, sans aucune surveillance. Compte tenu des systèmes de sécurité installés autour de la propriété, et de la présence d'une garde nombreuse, la Mafia n'avait pas jugé utile de surveiller particulièrement le garage.

Bolan s'adossa contre un mur et attendit patiemment. Il venait d'écraser sa cigarette lorsque Attia et Rafalo s'annoncèrent.

— Qu'est-ce que tu veux me montrer, Glen? attaqua Frank abruptement.

Bolan-Falcone éluda :

— Tu es au courant au sujet de Jacobi?

— Que veux-tu dire?

— Il était informé de tout le business.

— Ah!... Ouais, je vois que tu es au courant de ça aussi! ricana Frank. Il avait fait placer des micros un peu partout par Donovan.

— Chez Angelo, Mantegna et les autres...

— Un réseau complet avec un central d'écoute planqué dans un appartement du centre-ville!

Il ajouta avec un rictus :

— J'ai fait faire une visite générale tout à l'heure.

— C'est pour ça que tu as eu l'idée de les rassembler tous ici?

— Entre autres... Bon, qu'est-ce que tu veux me montrer?

— Ça, fit Bolan en exhibant son sinistre Beretta noir dont le canon était prolongé par un volumineux silencieux.

Le visage de Frank se figea. Ses yeux se rapetissèrent.

— C'est tout? fit-il en se contrôlant.

— Ouais. C'est la minute de vérité, Frankie.

Il eut un mauvais rictus et tenta de plaisanter :

— On dirait qu'il y a maldonne, hein?

— Pour toi, oui.

— Je trouve ça un peu con.

— Ça dépend de quel côté on se place.

Quatre, cinq secondes s'égrenèrent en silence. Nick Rafalo avait fait quelques pas silencieux pour s'éloigner du buteur de Philadelphie qui ricana soudain :

— Putain! Ça, c'est la meilleure! Faut qu'on discute, Glen, je...

— Tu sais très bien qui je suis, le coupa Bolan.

— Oui, d'accord. J'y avais réfléchi.

— Mais ça te paraissait trop énorme?

— Si on veut. Ecoute, je pense pas me tromper en pensant qu'on a les mêmes intérêts tous les deux. Alors je te fais une proposition.

— Vas-y, tu as dix secondes.

— On veut ce territoire pour y installer des affaires immobilières, pas pour y continuer les saloperies de Giorgio et de sa famille. Ça veut dire plus de drogue, de putes et de combines vicelardes. Seulement des affaires. Tu ne crois pas que tout le monde gagnerait au change?

— Comment comptes-tu t'y prendre pour liquider les pigeons?

— On va d'abord séparer les bons des mauvais et ensuite...

— Pendant la nuit?

— On pourrait faire ça avant si ça t'arrange. Tu trouves pas que c'est plutôt moral? Merde, ne me dis pas que c'est un coup pourri, Bolan. Tu as liquidé combien de pauvres mecs depuis ta putain de guerre?

— Tu me fais marrer, Frank.

Frank fit un sourire contracté.

— Laisse-moi liquider ces minables, ensuite tu feras ce que tu veux. Qu'est-ce que tu en dis?

— Que tes dix secondes sont écoulées.

— Attends!... Ecoute, je...

Dans la fraction de seconde qui suivit, Frank Attia se baissa tout en pivotant sur lui-même et empoigna la crosse de son Grizzli .45 magnum. Mais le geste rapide qu'il fit ensuite pour dégainer ne fut qu'une ébauche. Il y eut un chuintement rauque en provenance du Beretta. Une balle de 9 mm Parabellum lui traversa la main tandis que le Grizzli s'envolait, décrivant une courbe gracieuse qui se termina par un bruit de ferraille sur le sol cimenté. Un second impact presque silencieux délimita un trou sanglant au niveau du cœur sur la chemise du tueur d'élite dont les yeux se révulsèrent. Il eut un hoquet, un spasme le secoua violemment, puis il glissa pesamment au sol.

Nick Rafalo était devenu blême. Incapable de prononcer un mot, il s'approcha du corps et le regarda avec incrédulité.

Bolan fouilla les poches du cadavre. Il en tira un trousseau de clés qui lui permit d'ouvrir les portières et le coffre de la voiture d'Attia. Un froid sourire flotta sur ses lèvres quand il découvrit la combinaison noire roulée en boule dans un sachet en plastique contenant en plus un AutoMag nickelé, un pistolet-mitrailleur mini-Uzzi et une cagoule également noire. Des bottes Rangers complétaient la panoplie.

Le hit-man d'Augie Marinello avait prévu une sacrée mise en scène !

— Donne-moi un coup de main, dit Bolan à Nick Rafalo qui épongeait son front humide de sueur avec un Kleenex.

Ils s'employèrent durant trois minutes à changer les données de l'équation conçue par le cerveau ténébreux du hit-man, s'attachant brièvement mais avec précision à certains détails d'importance. Lorsque ce fut terminé, Rafalo s'installa au volant de la voiture de Frank, ramassa le chapeau posé sur le siège-passager, s'en coiffa, et lança doucement le moteur.

— File tranquillement et mets le cap à l'est, lui conseilla Bolan. Ne te retourne pas.

— Et Lipsky ?

— Ne t'occupe surtout pas de lui.

— Tu es vraiment sûr de t'en sortir ?

— Je vais du moins essayer.

— Hal m'avait averti que tu es complètement cinglé, mais je ne voulais pas le croire. Qu'est-ce que je vais raconter à Augie ?

— Tu seras le rescapé miraculeux.

— Un peu trop miraculeux, même !

— Tu n'étais ici qu'un observateur.

— Ouais, ça doit marcher...

— Casse-toi, maintenant.

— Ecoute, je...

— Casse-toi, Nick.

La taupe fédérale fit une grimace anxieuse, jeta un dernier regard à Bolan et embraya. La grande porte métallique bascula lorsqu'il n'en fut plus qu'à trois mètres et il la franchit doucement dans le chuintement régulier du moteur de la Mercury.

Nino Jacobi avait un sale pressentiment. Depuis l'enterrement de Giorgio, tout s'était déroulé de travers. D'abord l'arrivée de ce Frank de Manhattan, qui lui avait flanqué des frissons dans le dos et, tout de suite après, cette attaque démentielle dont on ne savait toujours pas qui en était l'auteur, mais qui avait transformé la résidence Lippi en ruines. Frank avait assuré qu'il s'agissait de la Grande pute tout de noir vêtue, mais rien n'était véritablement prouvé. Tout ça puait l'arnaque à plein nez. Il n'était pas assuré non plus que ce sale con prétentieux ait vraiment été envoyé par le Conseil de Manhattan...

Ensuite, cette attente dans le fief « familial » avait mis les nerfs de Nino en vrille. Sous le coup de l'émotion, après le bombardement qu'ils avaient subi, c'était lui-même qui avait proposé de se replier chez Vito Fontana, mais il n'avait pas imaginé que toute la troupe venue de l'Est s'y abriterait également. On ne se sentait vraiment pas en sécurité dans cette ambiance merdique !

Et puis il y avait eu la visite impromptue d'un copain d'Attia, le grand type au visage de glace qui avait tout de suite commencé à parler aux uns et aux autres d'un ton confidentiel. Qu'est-ce qu'il avait pu leur raconter ? En tout cas, pas une seule fois ce Falcone ne lui avait adressé la parole, se contentant de lui glisser de temps en temps un regard plein d'équivoque. C'était salement stressant, eu égard, surtout, à l'implication très confuse de Nino dans les affaires en cours.

Il venait de s'introduire dans une pièce du premier étage et décrochait un téléphone pour un appel longue distance. L'attente ne prit que quelques secondes mais lui parut durer une éternité. Enfin, on lui répondit :

— Impact Promotion à votre service !

— Passez-moi Johnson, fit nerveusement Nino.

— Quittez pas.

Il dut encore attendre une quinzaine de secondes avant qu'une voix différente s'annonce sur la ligne :

— Oui, je vous écoute.

— Johnson ?

— Non. Johnson est en déplacement, je suis son collaborateur. Qui êtes-vous ?

— Nino, j'appelle de L.A...

— Ah ! Quelqu'un ici a essayé de vous joindre mais il a dû, heu... partir. Je peux vous être utile ?

— Peut-être. Est-ce que vous savez quelque chose au sujet d'un certain Frank qui serait envoyé par vous ?

— Attendez. Vous avez bien dit Frank ?

— Ouais. J'ai besoin d'une confirmation.

Le correspondant marqua une pause à l'autre bout du fil. Il y eut un raclement de gorge, puis :

— Je voudrais être sûr qu'on parle bien du même Frank tous les deux...

— Frank avec un A ensuite.

— Oui, je vois. Mais la confirmation me paraît impossible.

— Dois-je comprendre que...

— Je peux pas vous en dire plus au téléphone,

184

Nino. Mais si cette personne vous propose un marché, il se pourrait bien que ce soit un très mauvais placement.

Un nouveau silence s'empara de la ligne. Jacobi faillit poser une autre question mais il se ravisa et raccrocha, le visage soudain décomposé.

Il resta un moment immobile à réfléchir puis prit une profonde inspiration et quitta la chambre, se heurtant presque à Falcone qui le repoussa fermement à l'intérieur.

— Qu'est-ce qu'il y a ? couina Nino en manquant s'étrangler.

— Vous excitez pas, dit Falcone qui referma la porte avec son pied. Il faut que je vous parle de ce qui se passe.

— Parce qu'il se passe quelque chose ? demanda Jacobi pour se donner une contenance.

— Si vous les laissez faire sans réagir, vous n'allez pas tarder à bouffer les pissenlits par la racine. Ils sont au courant de tout.

— Au courant de quoi ?

— Ne faites pas le con, c'est vraiment pas le moment. Pourquoi croyez-vous que je suis ici ?

Le *consigliere* déglutit difficilement.

— C'est la question que je me posais !

— Ne jouez pas au plus fin. Ils ont monté une drôle d'arnaque pour prendre les leviers de cette famille. Ils ont aussi répandu la nouvelle que c'est vous qui avez fait liquider Giorgio par Donovan.

— Vous êtes fou ?

Falcone émit un ricanement qui glaça le sang de Jacobi.

— Ils ont tellement bien manigancé leur coup

185

que ce sont vos proches qui vont vous trancher la gorge, mon vieux. C'est une question de quelques minutes, maintenant. Alors, le seul conseil que je peux vous donner, c'est de vous planquer derrière vos gars et de leur dire de se tenir prêts. N'essayez surtout pas de vous casser, ils ne vous laisseraient pas sortir.

— Qui sont ces « ils » dont vous parlez ?

— Vous voulez un dessin ?

Le conseiller se fouilla à la recherche d'un paquet de cigarettes, s'en ficha une aux lèvres et l'alluma d'une main tremblante. Il inhala plusieurs bouffées de fumée avant de demander :

— Et vous, qu'est-ce que vous allez faire ?

— Si je peux vous donner un coup de main, je le ferai. Mais ça dépend.

— On pourrait...

— Quoi ?

— Vous seriez vraiment décidé à m'aider ?

— Pourquoi pas ? Vous êtes le seul capable de diriger les affaires ici. C'est ce qui nous intéresse.

— Ouais. Je... je souhaiterais que vous m'épauliez, Falcone. Vous n'êtes pas avec l'autre, n'est-ce pas ?

— Vous seriez surpris de savoir qui est réellement Frank, si c'est de lui que vous parlez.

De nouveau, le conseiller marqua une pause, paraissant réfléchir à toute vitesse.

— J'attends un renfort important, ajouta Bolan-Falcone. Ils seront là dans quelques instants et demanderont après Frank Attia, mais ne vous y méprenez pas. C'est une couverture. Facilitez-leur la tâche, dites à vos gus qu'ils leur laissent le champ libre. O.K. ?

— O.K., acquiesça Jacobi après une brève hésitation. Je compte sur vous, hein?

— Vous pouvez, assura Bolan en se retournant vers la porte.

Il la franchit rapidement, descendit au rez-de-chaussée et rejoignit le salon qui, à présent, s'était presque vidé de toute présence. Seuls Dean Cramer et le gros Angelo discutaient à voix basse près d'une tenture. Ils se turent lorsqu'il les rejoignit. Bolan attrapa Cramer par le bras et l'entraîna sur la terrasse extérieure.

— Qu'est-ce que vous foutez avec cette ordure, Dean? chuchota-t-il. Personne ne vous a prévenu?

— Prévenu de quoi, grands dieux?

— Bon Dieu! Ça vous semble normal qu'il n'y ait plus personne ici?

Puis, baissant encore la voix après un regard de méfiance autour d'eux:

— Ça va péter dans quelques instants. Alors apprêtez-vous à vous tirer en vitesse et sans faire de bruit.

— Hé, qu'est-ce que c'est que cette histoire? gémit le politicien. Ecoutez, Falcone...

— Non. Willow.

— Quoi? Je...

— Vous avez entendu. Prenez vos dispositions.

A cet instant, le bruit de plusieurs pas leur parvint du hall d'entrée et quelqu'un cria pour demander Nino Jacobi.

— Y a trois bagnoles qui se pointent à l'entrée, fit un type à la voix éraillée. Ces mecs demandent qu'on leur ouvre. Qu'est-ce qu'on fait, m'sieur Nino?

187

Le conseiller arriva en pressant le pas, le visage tendu, puis la porte d'entrée se referma sur le groupe.

Dean Cramer avait soudain la bouche sèche et le front mouillé de sueur. Il se tourna vers celui qu'il prenait pour Falcone et qui lui avait dit être en fait Willow, mais ne vit que l'étendue gazonnée devant lui, parcourue par des soldats armés et sur le qui-vive.

Où était passé ce type ? Et où étaient passés tous les autres, les grosses têtes de la famille Lippi, ainsi que Frank Attia et ses hommes ? Brusquement, Cramer eut conscience qu'il se passait réellement quelque chose d'anormal, que l'atmosphère puait sacrément, et une trouille insidieuse commença à lui tordre les tripes.

CHAPITRE XVI

La portière de la Ferrari se referma dans un bruit ouaté et Orlando le Bâtard contourna la Corvette de Falcone pour se diriger d'une démarche hésitante vers la sortie. Il allait l'atteindre quand une voix froide, dans le fond du garage, le stoppa net :

— Tu as oublié la commission, Orly ?

Il pivota d'un quart de tour, aperçut la haute silhouette qui venait vers lui, et baissa la tête d'un air sournois.

— J'ai pas trouvé David Feldtham. J'suis désolé.

— Tu es sûr qu'il n'était pas là-bas ? demanda sèchement Bolan qui savait pertinemment que le producteur marron avait quitté la Starlight depuis le début de l'après-midi.

— Je l'ai cherché partout ! C'est emmerdant ?

— Surtout pour toi. Il était au courant des magouilles d'Aldo avec la Grande Pute.

— Quelle grande pute ?

— Merde ! Je crois que tu t'es un peu trop pété au comptoir et je me demande si c'est la peine de continuer avec toi.

Orlando Lippi se mit sur une jambe, releva l'autre et sautilla doucement sur place.

— Regarde si je suis pété. Est-ce qu'un mec beurré pourrait faire ça?

— Je te parle de la combinaison noire.

— Ouais, ouais. J'avais compris. Et alors?

— Ce mec a foutu Aldo dans sa poche, en accord avec Augie. Tu t'enfonces ça dans la tête?

Le regard du Bâtard s'alluma.

— Ça semble complètement idiot, mais pourquoi pas? J'ai entendu Giorgio dire que le fumier de Philadelphie ferait n'importe quoi pour foutre la main sur les territoires de l'Ouest. Alors, Frank la merde n'a pas raconté de bobards à ce sujet?

— Tu veux savoir qui est réellement Frank? demanda Bolan avec un large sourire.

— Un enfant de salaud, ça, j'en suis sûr.

— Tu l'as dit. Et pendant qu'il jouait du pipo devant tout le monde, il était parallèlement en train de monter une belle saloperie. Je suis arrivé in extremis pour empêcher ça. Faut avouer que cette grande pute est vachement fortiche.

— Hé, tu parles de qui exactement? fit Orlando en fronçant les sourcils.

— Tu veux le savoir, oui ou non?

— Un peu, ouais!

Bolan s'approcha de sa voiture dont il ouvrit le coffre avec des gestes presque cérémonieux puis s'écarta. Orlando se pencha, écarquilla lentement les yeux et resta un long moment immobile au-dessus du coffre tout en faisant de bizarres petits bruits de bouche.

— Putain! éructa-t-il enfin, le regard émerveillé.

Il avança la main pour toucher l'étoffe noire de la combinaison qui habillait le cadavre, dessina de

190

petits cercles avec ses doigts autour des impacts sanglants sur la poitrine, puis sifflota doucement.

— L'enfoiré!... Dire que j'ai vraiment cru que c'était un As noir!

— Tu n'es pas le seul. En ce moment encore, tout le monde continue de croire qu'il est envoyé par les pontes de New York. Et c'est pas la première fois qu'il fait ce coup...

— Mais c'est la dernière! s'écria Orlando. Bon Dieu, tu te rends compte que cet enculé est enfin crevé? Bolan le fumier a fini de jouer au con! Comment tu l'as eu?

— Il finissait de s'habiller quand je suis arrivé. Il a essayé de me braquer avec ce gros canon, précisa Bolan en désignant l'AutoMag à côté du cadavre, mais j'ai été plus rapide.

Il exhiba le Beretta silencieux et ajouta :

— Ça n'a pas fait plus de bruit qu'un bouchon de champagne.

Orlando se dandida un peu.

— Dis, qu'est-ce que tu comptes en faire?

— Le ramener là-bas, à Manhattan. Il y a toujours une prime d'un million de dollars pour sa tête.

— Je te l'achète!

— Tu veux rire? ricana Bolan.

— Je double la prime!

— Pas question.

— Tu veux être celui qui a effacé Bolan, hein? Qu'est-ce que ça va t'apporter de plus? Le prestige, c'est du bidon.

Bolan lui sourit d'un air entendu :

— Mais pas pour toi? Tu veux vraiment rafler tous les territoires de l'Ouest! Tu crois que tu pourras assumer le gros business?

— T'inquiète, c'est pas ton problème. Je te propose trois millions. O.K. ?

— Ne me dis pas que tu les as ici.

— Le vieux a un coffre dans son appart de Santa Monica.

Bolan fit semblant de réfléchir puis annonça d'un ton résigné :

— D'accord. La combinaison est à toi pour trois briques.

— Ouais ! fit le Bâtard dont les yeux rayonnaient soudain d'une sorte de béatitude. Je fais un saut là-bas et je te rapporte le pognon.

Puis une étincelle de ruse traversa son regard.

— Est-ce que tu me laisses un répit pour te payer ?

— J'attendrai jusqu'à la tombée de la nuit, accepta Bolan. Après, je file sur New York.

Il fixa Orlando dans les yeux et laissa tomber durement :

— J'espère qu'il n'y aura pas d'ennuis, Orly. Je ne voudrais pas avoir à te réclamer quoi que ce soit.

— T'as pas à t'inquiéter, tu seras réglé cash... Mais je veux d'abord régler le problème ici. Au fait, tu as une idée de ce qui peut se passer maintenant dans la baraque ?

— Tu as l'atout maître entre les mains. Autrement dit, tout va rentrer dans l'ordre si tu sais t'y prendre avec eux. L'embrouille tombe d'elle-même avec la disparition de ce mec.

— La disparition ? Mon cul ! Tu vas voir comment il va disparaître ! Putain ! C'est vachement chouette, ce que tu fais. Je saurai me souvenir de quelle façon tu m'as aidé, Willow. Donne-moi un coup de main pour le porter dans ma caisse...

Bolan l'aida à transporter le cadavre dans le coffre de la Ferrari où il jeta également l'AutoMag et le mini-Uzzi. Etant donné l'exiguïté du coffre, il fut impossible de refermer le capot et le Bâtard se mit à proférer une série d'obscénités, la bave aux lèvres.

— Où tu vas? demanda-t-il ensuite en voyant son bienfaiteur s'installer au volant de la Corvette.

— Faire un petit tour et calmer les esprits.

— T'as raison. Faut pas qu'ils s'échauffent trop la cervelle, ces cons! J'te retrouve tout à l'heure. Tu vas les voir tous se dégonfler et se foutre à plat ventre! Putain de merde, y a quand même un bon Dieu, hein!

— Alleluia! fit Bolan en embrayant pour sortir son véhicule du garage.

Il roula doucement dans l'allée de gravier, s'arrêta à un angle de la maison et passa la main sur le plancher derrière son siège pour vérifier la présence de l'arsenal réduit qu'il avait embarqué dans la Corvette. Le gros combiné M-16/M-203 était toujours douillettement enveloppé dans une couverture.

— Vous nous quittez, monsieur Falcone? s'enquit un chef d'équipe de Maglione, lorsqu'il se présenta sur le pas de la porte.

— Pas tout de suite. Comment ça se passe, là-dedans?

— Ben... Ça me plaît pas beaucoup. Tout le monde parle à voix basse par petits groupes.

— Rassemble tes gars dans le salon et va dire à ton boss qu'il reste au milieu d'eux. Places-en aussi dans le hall et poste un guetteur ici.

— Vous croyez que...

— J'en sais rien, mais faut être prudent. Comment tu t'appelles ?

— Tony. Tony Maraca.

— Fais gaffe, Tony, dit Bolan en passant devant lui pour entrer dans la maison.

Plusieurs hommes, à présent, avaient réintégré la grande pièce empuantie par la fumée de cigarettes. Le gros Angelo discutait âprement avec Caldara. Ses petits yeux porcins décrivaient de rapides mouvements de va-et-vient tandis que sa bouche rosâtre débitait des mots hésitants. Trois costauds importés de la côte Est se tenaient à peu de distance de leur groupe. Il y avait aussi Ben Calhoun et Charly Maglione qui se tenaient chacun à une extrémité de la salle, entourés de leurs gardes du corps.

— Avez-vous vu Frank ? s'enquit Angelo quand Bolan passa à sa hauteur.

— Pas depuis un bon moment. Je crois qu'il a quitté la propriété avec sa bagnole. Moi, je cherche Orlando.

— Je sais pas où il est, fit « Gros naseaux » avec un petit haussement d'épaules.

Bolan poursuivit son chemin vers Maglione qu'il fixa durement, lui lâchant à voix contenue :

— Tu as pris tes dispositions, Charly ?

— Heu... oui, bien sûr, bredouilla le roi du racket en fronçant les sourcils. Pourquoi ?

— Je sais pas. C'est à toi de voir, grogna Bolan sur un ton énigmatique.

Il fit demi-tour à l'instant où la porte principale s'ouvrait dans le hall, livrant le passage à deux *soldati* qui encadraient une mince silhouette vêtue

194

d'un imperméable beige. Un petit muscle tressaillit imperceptiblement sur la tempe de l'Exécuteur. Ce fut sa seule réaction. Pourtant, il venait de comprendre que le dernier acte de cette comédie pourrie allait devoir se jouer avec une nouvelle donne, en improvisant un nouveau texte grinçant. Dieu sait qu'il n'avait pas besoin d'une telle complication !

Samantha Cramer avait une joue tuméfiée, le front taché de sang, et les boutons de son imper avaient été arrachés. Elle gardait néanmoins la tête haute et soutint calmement les regards qui convergeaient dans sa direction lorsqu'on la poussa dans le salon. Durant une fraction de seconde, son regard accrocha celui de Bolan, mais elle n'eut qu'un battement de cils avant de détourner les yeux.

Plusieurs événements se produisirent alors simultanément, sans liaison apparente, mais qui furent déterminants dans la ligne de conduite de l'Exécuteur. Tandis que Maglione se déplaçait pour aller à la rencontre des nouveaux arrivants, cinq gorilles firent leur apparition par la baie ouverte sur la terrasse, puis Nino Jacobi déboucha du hall d'entrée, encadré par trois gardes du corps.

— Une seconde, Charly ! cracha Bolan en attrapant Maglione par le bras. Qu'est-ce que c'est que cette nana ? Je peux avoir un coup d'éclairage ?

— C'est pas tes oignons ! rétorqua Maglione en tentant vainement de se dégager.

— Tu te goures. En l'absence de Frank, c'est moi qui contrôle cette maison, faut que tout le monde se mette ça dans la tête. Et Frank n'est pas là, O.K. ?

195

Les porte-flingues s'étaient immobilisés de part et d'autre, les regards braqués, les mains largement ouvertes tout près de leurs armes.

— Si tu tiens vraiment à le savoir, c'est une sale merdeuse de journaliste qui fouine dans nos poubelles depuis plusieurs jours.

— La fille Cramer ?

— Ouais. Tu permets que je passe ?

Sans lâcher Maglione, Bolan s'adressa aux deux malfrats qui maintenaient la jeune femme :

— Où l'avez-vous pêchée ?

— Elle rôdait près du burlingue de Cramer, expliqua le plus proche.

— Ben voyons !

Promenant un regard circulaire, il demanda :

— Où est Cramer en ce moment ?

Ce fut Jacobi qui fournit la réponse :

— Il vient de tailler la route avec sa caisse.

— Et personne n'a cherché à le retenir ? Tu ne trouves pas que c'est bizarre, ça, Charly ? Il se passe vraiment de drôles de trucs ici.

Bolan lâcha enfin Maglione qui s'épousseta la manche, furieux et mortifié à la fois.

— Bon, je m'occupe de la nana, décréta l'Exécuteur. Toi !...

Il avait fait un signe de la tête vers celui qui paraissait être le chef des cinq moustachus entrés par la terrasse. Vraisemblablement, il s'agissait d'une partie de la troupe de renfort rameutée par Frank Attia. Le type s'avança d'un pas, comme un robot.

— Amène cette gonzesse dans ma voiture et place deux *soldati* devant. C'est la Corvette à côté de la maison.

— On y va tout de suite, monsieur, fit l'armoire à glace. Tex et Larry, prenez la fille !

— Tu as un nom ? demanda encore Bolan au chef des renforts.

— C'est Billy, monsieur.

Maglione voulut s'interposer.

— Dis donc, ça va pas cette combine ! Pour qui tu te...

— Ça va très bien ! cracha Bolan.

Puis, s'approchant tout contre le mafioso, il lui chuchota à l'oreille :

— Fais pas le con, Charly, c'est la seule façon de nous sortir de ce merdier.

Maglione battit plusieurs fois des paupières, parut réfléchir et décida enfin :

— D'accord ! Lâchez-la, vous deux. Monsieur Falcone prend les choses en main.

Puis il chuchota à son tour :

— J'espère que tu sais ce que tu fais.

— Tu parles ! Ce n'est plus qu'une question de quelques minutes, maintenant. Surveille tes arrières et fais gaffe.

Pendant qu'on évacuait Samantha Cramer, Bolan considéra gravement l'assemblée des mafiosi aux visages contractés et lâcha d'une voix forte :

— Je ne sais pas si on vous en a informés, mais il y a eu un malentendu au sujet des événements qui vous ont tous secoués.

Il s'interrompit, prit le temps d'allumer une cigarette et souffla un long nuage de fumée avant d'annoncer :

— Aux dernières nouvelles, Mack Bolan la Pute est en ce moment même dans le Middlewest. Ça signifie en clair que quelqu'un vous a monté un drôle de scénario bidon... Messieurs, je vous laisse tirer les conclusions qui s'imposent.

Il fit mine de s'éloigner, s'arrêta net et demanda à la ronde :

— Au fait, est-ce que quelqu'un sait où est Orlando ?

— Ça fait un petit moment qu'on ne le voit plus, réfléchit Ben Calhoun.

— Et il avait l'air plutôt beurré, ajouta l'un des gardes du corps debout à côté de lui.

— Cherchez-le. Il doit être en train de cuver sa vinasse quelque part dans la maison. Je m'occupe de l'étage.

Franchissant la porte sans plus se retourner, Bolan s'engagea dans le couloir puis gravit rapidement l'escalier dans lequel il croisa Vizzini accompagné de deux buteurs armés.

— Il y a encore quelqu'un par ici ? lui demanda-t-il.

— Seulement Donovan et Fontana. Qu'est-ce qui se passe en bas ? On dirait que ça gueule...

— Demande-leur, fit Bolan qui poursuivit son chemin jusqu'au palier de l'étage.

Un bruit caractéristique lui permit de s'orienter dans un couloir vers la porte des toilettes dont on venait de tirer la chasse d'eau. Il attendit l'ouverture du battant, découvrit un type immense avec une toute petite tête, qui amorçait sa sortie en refermant sa braguette, et lui demanda :

— Flipper ?

L'autre le considéra d'un air ahuri puis son front étroit se plissa soudainement lorsqu'il vit le sinistre

198

flingue noir pointé dans sa direction. Un grogne-
ment de fauve sortit de sa bouche, stoppé net par
l'ogive toute chaude de 9 mm qui lui fit exploser la
mâchoire, traversa sa nuque et vint se ficher dans le
mur en emportant une partie de la cervelle micro-
scopique. Le Beretta silencieux cracha deux pas-
tilles supplémentaires dans la poitrine de Flipper
qui s'avachissait déjà sur le siège des toilettes. Dans
sa chute, sa main se crispa inconsciemment sur le
rouleau de papier hygiénique qui se déroula d'un
coup, entortillant le corps du colosse dans une
spirale fragile et grotesque.

Lorsqu'il atteignit l'extrémité du couloir, Bolan
aperçut un bellâtre moustachu qu'il reconnut
comme étant Vito Fontana, le maître-organisateur
des parties fines de Los Angeles. Celui-ci loucha
d'un air ahuri sur le Beretta, puis s'enquit d'une
voix étranglée :

— Bon Dieu, qu'est-ce qui se passe ?

— La fin de la partouze, lui répondit Bolan en
lui logeant une première balle dans le front puis
deux autres dans le thorax.

Sans attendre la chute du corps, il inspecta plusieurs chambres à la volée pour s'assurer qu'il n'y
avait plus personne à l'étage, ôta le silencieux du
Beretta qu'il glissa dans son holster d'épaule, et
regagna le rez-de-chaussée.

A part Orlando, tous les chefs de la famille Lippi
étaient présents. Certains occupaient le grand
salon, d'autres discutaient dans le hall d'entrée et
dans le couloir, et Nino Jacobi, debout sur le
perron, rassemblait ses hommes dans le parc.

En comptant les gardes du corps et la troupe

divisée en divers clans, cela faisait une bonne quarantaine de mafiosi répartis dans l'enceinte de la propriété. Et il y avait aussi un cordon de sentinelles à l'extérieur.

Tout ce monde discutait en sourdine, les traits crispés et s'épiant mutuellement tout en s'efforçant de paraître naturels. La plupart des *soldati* avaient les mains contractées sur les crosses de leurs flingues, prêts à appuyer sur la détente au moindre signe de danger. Il était manifeste qu'il suffisait d'une étincelle pour déclencher un carnage d'un instant à l'autre.

Tony Navara, avec ses pansements grotesques sur le visage, se frayait un passage au milieu des hommes de troupe pour rejoindre son boss adossé contre une tenture près de la baie panoramique. Bolan l'intercepta.

— Qui est encore là-haut ? lui demanda-t-il sèchement.

— J'crois que... qu'il y a plus personne, crachota le chef d'équipe malchanceux.

— On a entendu du raffût. Envoie quelqu'un pour vérifier !

Le mafioso coula d'abord un regard en direction de Maglione, puis il attrapa par l'épaule un type au regard fuyant et lui ordonna :

— Va inspecter l'étage. Vois si tout est normal et radine-toi tout de suite.

Bolan n'avait pas attendu. Il avait déjà rattrapé le chef des renforts qui marchait vers plusieurs soldats agglutinés dans le hall, et l'interpella :

— A-t-on retrouvé Orlando ?

— On ne le trouve nulle part, confia l'autre d'un air embêté.

— Tu as fait visiter le garage?

— Pas encore. Vous croyez qu'il...

Le reste de sa phrase fut couvert par le ronflement d'un moteur puissant poussé en sur-régime. Il y eut plusieurs coups de klaxon stridents qui retentirent comme une énorme incongruité et un bolide rouge fit une apparition brutale de l'autre côté de la baie vitrée, freinant sec dans un giclement de gravier devant la terrasse.

— Qu'est-ce que c'est que ce cirque? s'écria quelqu'un.

Personne ne prit la peine de lui répondre. Tous les regards s'étaient spontanément dirigés vers la Ferrari d'Orlando qui mettait pied à terre en brandissant très haut un objet rougeâtre de la grosseur d'une tête.

CHAPITRE XVII

Alors que la plupart des membres de l'assemblée se bousculaient pour regarder à travers les vitres de la baie, le chef de la garde fit une percée à travers la foule pour s'acheminer vers la terrasse.

— Que personne ne bouge! lança-t-il avec autorité.

Orlando Lippi gesticulait devant sa Ferrari, exhibant le trophée qu'il tenait à bout de bras comme l'aurait fait Guignol devant des spectateurs attentifs.

Quatre *soldati* quittèrent précipitamment les lieux pour prendre position à l'extérieur, de l'autre côté de la baie.

— Qu'est-ce qu'il tient? fit avidement Angelo qui se haussait sur la pointe des pieds pour regarder au-dessus des autres.

— J'sais pas vraiment, répliqua son premier garde du corps. Mais ça me paraît assez dégueulasse.

— Y a un corps dans son coffre! s'écria un costaud qui écrasait son nez contre les vitres. On dirait un black!

Dans l'instant qui suivit, un type au visage contracté fit son apparition dans le salon et se fraya un passage jusqu'à Maglione qui déjà sentait le roussi et commençait à battre en retraite avec ses hommes vers la sortie.

— Y a du sang, là-haut! annonça-t-il précipitamment.

— Qu'est-ce que tu racontes?

— Vito et Flipper se sont fait rectifier. Ça m'a tout l'air d'être le début d'une purge.

Maglione ferma un instant les yeux, les rouvrit en soufflant bruyamment et jeta un coup d'œil inquiet autour de lui. Personne, apparemment, ne faisait attention à lui. Un peu plus loin, il vit Falcone qui échangeait quelques mots avec Billy, le chef des renforts. Il les vit ensuite disparaître dans le hall et reporta son attention sur le messager alors que Massandri s'approchait de lui.

— Tu as dit quoi? fit abruptement ce dernier.

— Il a dit qu'on est dans la merde, Doug. Va falloir se tirer d'ici vite fait, c'est une putain de souricière!

Brusquement, des vociférations retentirent sur la terrasse et le chef de la garde réapparut dans le salon, la mine écœurée.

Ce fut Vizzini qui lui posa la question qui brûlait toutes les lèvres:

— Quelle est la connerie, Pat?

— Orlando est devenu complètement fou! Il a tué monsieur Frank et l'a déguisé avec une combinaison noire... Qu'est-ce qu'on fait?

Une onde glacée parcourut le dos du caïd de la prostitution.

— Qu'on ne fasse surtout rien! cracha-t-il en jetant des regards anxieux sur les *soldati* disséminés un peu partout dans la maison et prêts à défourailler à tout instant. Ou plutôt, dis à tes gars d'attraper tout doucement ce débile et de l'empêcher de continuer ses conneries.

Mais personne n'eut le temps de neutraliser Orlando qui, dans un grand geste théâtral, venait de lancer son trophée vers l'entrée du salon. L'objet roula sur la terrasse comme sur une piste de bowling, poursuivit sa trajectoire dans le salon et vint s'arrêter tout contre les pieds d'Angelo qui fit un petit saut en arrière puis se baissa avec dégoût pour ôter le sac en plastique qui recouvrait le projectile sanglant. Il y eut plusieurs cris horrifiés et des jurons, des exclamations de dégoût.

— C'est pas vrai! s'exclama l'un des hommes d'Attia en examinant la tête de son boss dont les yeux grands ouverts paraissaient le fixer avec haine. Ce con a fait ça!

Dehors, Orlando avait extrait du coffre le corps revêtu de la combinaison noire et venait de le jeter devant lui. Puis, dégainant le revolver qu'il portait sous sa veste, il commença à tirer dessus en poussant des glapissements hystériques. Ce fut son arrêt de mort. Deux des gardes à l'extérieur interprétèrent instinctivement son geste comme une menace et dégainèrent à leur tour, faisant aussitôt feu sur la silhouette gesticulante qui fut projetée contre la Ferrari, la poitrine truffée d'impacts sanglants.

Des vociférations retentirent alors dans le parc.

Un garde du corps de Jacobi touché légèrement par une balle perdue commença à vider son chargeur sur les vitres de la baie qui éclatèrent dans un fracas énorme. Puis quelqu'un hurla dans le salon :

— C'est un piège ! Ces salauds vont tous nous égorger !

Dans la seconde qui suivit, plusieurs coups de feu tonnèrent depuis l'intérieur de la maison, et des hommes venus de Philadelphie commencèrent à s'effondrer tandis que le staccato de pistolets-mitrailleurs se faisait entendre dans le parc. En un instant, ce fut la panique puis le début d'un carnage qui se poursuivit dans un concert de hurlements, de cris d'agonie et de rafales ininterrompues.

Maglione s'était élancé contre une porte pour se réfugier dans une pièce attenante. Il n'eut pas le temps d'y entrer. Plusieurs balles s'enfoncèrent dans son dos et il s'effondra en laissant sur le mur une traînée de sang. A plat ventre sous une table, son copain Massandri tentait de ramper vers le hall tandis que des projectiles parcouraient l'espace au-dessus de sa tête. Il se heurta à un corps étendu sur son passage et poussa un couinement terrorisé en reconnaissant Dodo Mantegna qui pissait le sang de plusieurs blessures à la poitrine. Il eut soudain l'impression de recevoir un coup de marteau dans les reins quand une balle l'atteignit et il lui sembla plonger dans un trou noir qui l'engloutit.

Angelo Lippi, lui, avait eu plus de chance, du moins le croyait-il. Dès le début de la fusillade, il s'était réfugié derrière le bar en essayant de dissimuler son corps pachydermique sous les étagères aux alcools. Une interminable rafale fit exploser les bouteilles au-dessus de lui, puis se poursuivit en une multitude d'impacts à travers le comptoir. Le ventre ouvert de bas en haut, ses tripes se répandant sur la moquette et la gorge éclatée, il se raidit dans un ultime spasme mugissant puis ses invraisemblables trous de nez cessèrent d'aspirer l'air saturé par l'odeur de la poudre brûlée.

Une quinzaine de cadavres et d'agonisants jonchaient le sol de la vaste salle qui avait abrité l'étrange assemblée de la famille Lippi. Le silence s'était fait dans la maison, mais le combat se poursuivait un peu partout dehors en de brefs crépitements.

— Arrêtez, c'est une erreur ! hurla hystériquement un type qui courait à perdre haleine sur la pelouse pour se mettre à couvert.

Une rafale l'attrapa au vol et le fit bouler comme un lapin sur plusieurs mètres sans qu'il eût compris sa propre erreur.

Bolan le vit décrire une dernière pirouette et rester ensuite sur le gazon pour le compte. Les traits tendus, l'Exécuteur appuya sur l'accélérateur de la Corvette, négocia une courbe de l'allée dans un dérapage contrôlé, donna un coup de volant et freina sèchement à côté du pavillon installé plusieurs siècles auparavant pour abriter les domestiques de la propriété. Jetant un regard à la fille assise à côté de lui, il demanda :

— Vous tenez le coup ?

Samantha Cramer lui fit un signe de la tête,

incapable de prononcer un mot. Elle était livide et la fixité de ses yeux dénonçait l'affolement qu'elle contrôlait avec peine. Bolan ouvrit le vide-poches, lui mit un petit flacon de whisky dans la main et conseilla :

— Buvez-en une gorgée en m'attendant.

Puis il mit pied à terre et partit au pas de course vers la porte du pavillon à laquelle il frappa du poing. Tout de suite, une voix effrayée perça à travers le bois :

— Ouais ! Qu'est-ce que vous voulez ?

— Ouvre, connard ! Faut la sortir en vitesse.

Le battant s'ouvrit en grinçant, laissant passer le canon d'un fusil que l'Exécuteur attrapa en tirant dessus d'un coup sec avant de se lancer de tout son poids contre la porte. Le type qui était derrière partit à la renverse, cherchant dans sa chute à saisir le revolver qu'il portait à la hanche. Le Beretta lui cracha une balle blindée en plein front et il bascula sans la moindre protestation.

Poursuivant sur sa lancée, Bolan ouvrit à la volée plusieurs portes le long d'un couloir, découvrant des pièces en désordre et puantes qui, visiblement, n'avaient pas été occupées depuis longtemps. Celle qui était située tout au fond, pourtant, recélait quelque chose de vivant. Une forme humaine était pelotonnée sur un matelas à même le sol, à moitié recouverte par un drap douteux et taché de sang. Il s'en approcha, palpa le pouls de la fille endormie. Il battait toujours. Faiblement mais avec régularité.

Harold Brognola lui avait fait une description de Debbie Manson, alias Deborah Brantzen.

Dans l'état où cette fille se trouvait, il était difficile d'avoir une certitude quant à son identité, mais elle ressemblait à son père, Jim Brantzen, pas de doute là-dessus.

Il la secoua avec précaution et elle gémit doucement. On l'avait sûrement droguée. La méthode était hélas classique. Elle avait dû refuser de marcher dans la combine et peut-être même se rebeller, menacer de dénoncer les cannibales. Alors on avait commencé par la tabasser pour ensuite lui injecter dose sur dose, affaiblissant graduellement sa résistance, brisant sa volonté étape par étape.

Avec d'infinies précautions, il la chargea sur son épaule et quitta l'infecte baraque. Samantha Cramer n'avait pas bougé d'un centimètre, paraissant rivée à son siège dans une rêverie morbide. Elle eut cependant un sursaut lorsque Bolan ouvrit la portière pour déposer son chargement sur l'étroite banquette arrière.

— Qu'est-ce que c'est ? fit-elle avec un petit sanglot nerveux. Encore un cadavre ?

Sans répondre, il s'installa au volant et démarra pour conduire la Corvette le long d'une rangée de hauts cyprès, une centaine de mètres en amont de la grille d'entrée.

— Elle n'a encore rien d'un cadavre, précisa-t-il enfin en mettant pied à terre. Prenez soin de cette fille, Sam, je n'en aurai pas pour longtemps.

Quelques coups de feu tonnaient encore à proximité de la grande bâtisse, sur un rythme assez irrégulier mais suffisamment éloquent pour comprendre qu'au moins une dizaine de charognards continuaient de s'entretuer.

Bolan aurait pu les laisser faire et essayer de gagner tranquillement la sortie de cette souricière improvisée. Mais il avait l'intention de terminer le travail. Il voulait être certain que le conflit qui opposait la famille Lippi à l'organisation Marinello se terminerait en cul-de-sac, sans qu'il puisse y avoir la moindre information équivoque concernant son ami de Washington.

Il saisit sur le plancher du véhicule le combiné M-16/M-203, en arma la culasse et partit au pas de course vers les derniers belligérants. Il en découvrit deux planqués derrière une fontaine en pierre. Le jet d'eau les arrosait copieusement mais ils ne semblaient pas s'en soucier, tout occupés qu'ils étaient à tirailler sporadiquement sur une fenêtre du rez-de-chaussée où l'on voyait parfois apparaître brièvement une silhouette armée d'un fusil. Appuyant sur la détente du M-203, il leur expédia une grenade de 40 mm qui les fit décoller du sol à plusieurs mètres de hauteur dans un éclaboussement d'os et de viscères.

Poursuivant son chemin, il dut essuyer le feu d'un type qui se démasqua subitement de derrière une statue d'Apollon, ressentit une brûlure dans le côté droit de la poitrine et serra les dents en ajustant le mafioso. La rafale du M-16 cisailla celui-ci de la hanche droite à l'épaule droite, le faisant tressauter au rythme d'une mélodie de mort.

Bolan avait été touché près de l'aisselle. Du sang tachait sa chemise et il sentit un filet chaud lui couler le long du bras. Mais il fallait en finir, liquider les rats encore embusqués dans cette tanière putride.

Il engagea une grenade explosive dans le M-203, visa l'aile gauche de la maison et tira. Un quart de seconde plus tard, un pan de mur éclata sous l'impact dans une fumée intense qui envahit instantanément la terrasse. Un deuxième projectile atteignit l'extrémité opposée de la bâtisse, l'ouvrant comme une coquille de noix jusqu'au premier étage. Deux hommes dépenaillés jaillirent de la brèche, crachant, toussant et braillant tout en essayant de faire un tir de barrage devant eux. De nouveau, le M-16 entonna son chant lugubre. Une kyrielle de petits projectiles de .222 les fauchèrent dans leur élan, stoppant net leur velléité défensive.

Durant les quelques secondes qui suivirent, l'Exécuteur envoya coup sur coup huit autres grenades explosives et incendiaires sur la maison vers laquelle il s'élança ensuite. Au terme de cette salve dévastatrice, la façade n'existait pratiquement plus. Quelques pans de murs seulement se dressaient encore misérablement vers le ciel encombré de fumée et de poussière.

Il s'introduisit dans ce qui restait du luxueux salon, promena un regard neutre sur les cadavres qui jonchaient le sol au milieu des gravats et perçut quelques plaintes. Se dirigeant au son, il découvrit Maglione qui gisait à côté d'une table renversée. Il était encore vivant. Il avait pris une balle dans les reins et paraissait souffrir affreusement. Pendant quelques secondes il fixa Bolan d'un œil vitreux puis marmonna :

— Y a eu... maldonne... hein ?

— Tu l'as dit, Charly, dit l'Exécuteur en pointant le museau du combiné sur son front.

— Dis… C'est toi… qui nous as baisé la gueule…

Bolan eut un sourire sans joie.

— Exact. Vous vous êtes fait avoir comme des cons.

— Achève-moi… espèce de pute…

— O.K., fit-il en pressant brièvement la détente de l'arme de guerre qui libéra le roi du racket de ses affres.

Il trouva un autre mourant à deux mètres du bar derrière lequel « Gros naseaux » offrait le triste spectacle de ses tripes à l'air. Ben Calhoun respirait encore par petits coups syncopés, le regard rivé sur une vision qui n'appartenait plus qu'à lui. Il lui fit proprement sauter la cervelle puis marcha vers le hall alors qu'une porte émettait un abominable grincement. Se retournant, Bolan aperçut Billy, le chef des renforts, qui faisait quelques pas malhabiles dans la pièce. Il tenait un revolver .357 magnum au bout de son bras pendant et son regard était celui d'un homme vidé, à la limite de toute volonté de résistance. Il fixa d'un œil atone celui qu'il prenait pour Falcone, grommela d'une voix hésitante :

— Qu'est-ce que vous faites ?… Y a plus personne. Y sont tous cannés.

— J'en ai fini deux, répliqua doucement Bolan.

L'autre le regarda mollement en hochant la tête.

— Pourquoi vous faites ça ? Y a plus de raison, merde…

— Il faut bien que tout le monde sache qu'on

ne peut pas nous rouler, Billy. Augie a déconné en vous envoyant ici.

— Mais pourquoi? coassa le buteur en chef.

— Mes amis de Manhattan ne sont pas d'accord avec l'arrangement de Philadelphie, Billy. Voilà pourquoi. Tu diras à ce guignol qu'il aille chier ailleurs que sur les territoires que nous contrôlons.

Le mafioso tressaillit. Il releva imperceptiblement le canon de son .357 et grinça :

— J'vais vous buter! Voilà ce que je vais faire.

— Tu n'as aucune chance. Prends ta chance, rentre à Philadelphie et passe le message à Augie. Je te donne trois secondes.

L'autre hésita, comme s'il devait prendre une décision impossible, puis il dodelina lentement de la tête, grogna et tourna les talons vers la porte grinçante.

Bolan en fit autant, mais en franchissant le battant dégondé de l'entrée principale. Après un coup d'œil circulaire, il s'élança vers son véhicule sans plus rencontrer la moindre résistance et se laissa tomber derrière le volant. Samantha s'était installée à l'arrière. Elle avait passé un bras sous les épaules de Debbie Brantzen qu'elle serrait contre elle pour la soutenir.

Bolan grimaça en allongeant le bras pour enclencher une vitesse. La main qu'il posa sur le levier était rouge et poisseuse. La balle qu'il avait reçue n'avait occasionné qu'une blessure en séton, à la hauteur des premières côtes, mais c'était salement douloureux.

— Est-ce que c'est votre sang? demanda Samantha en esquissant un petit sourire navré.

— Il faudra sans doute que quelqu'un y jette un coup d'œil, répliqua Bolan en embrayant, lui rendant son sourire dans le rétroviseur.

Il conduisit doucement la voiture de sport jusqu'à la sortie de la propriété, inspecta la grande allée déserte et entendit des sirènes qui commençaient à hurler dans le lointain d'Hollywood.

— Vous ne devriez pas traîner, conseilla la journaliste. Vous entendez ça ?

Les pneus accrochèrent l'asphalte. Bolan maintint une allure à basse vitesse tout en surveillant la route devant eux.

— Vous savez qui elle est ? demanda-t-il sans paraître attacher d'importance à sa question.

Samantha posa son regard sur le visage de la fille endormie, tout près du sien, eut un rire bref et désabusé.

— Quelle importance ? Je pourrais aussi bien être à sa place.

Elle laissa passer un petit moment puis demanda :

— Est-ce que... Je veux dire, est-ce qu'il est resté là-bas avec les autres ?

— Vous parlez du tonton ?

— Hélas, oui.

— Je lui ai ouvert la porte de sa cage. Il est en cavale, mais pas pour longtemps. Les Fédéraux vont recevoir un joli dossier le concernant.

— J'aime mieux ça, soupira-t-elle.

Puis elle s'enferma dans le mutisme. Bolan en profita pour orienter ses pensées sur un dernier personnage qui avait un rôle d'arrière-plan sur la scène hollywoodienne. Jo Lipsky lui aussi ne tarderait pas à être en cavale. Ou plutôt, il allait cavaler vite fait en direction de la côte Est pour faire un rapport servile à l'homme de Philadelphie qui l'avait mandaté pour surveiller une opération suicidaire. Mais ça, il n'avait pas pu s'en douter. Au départ de sa mission, Bolan l'avait placé sur sa liste des condamnés à mort. Mais en fait, c'était mieux qu'il le laisse filer. Il irait confirmer les assertions de Billy si toutefois ce dernier osait se pointer devant le grand boss pour annoncer la sanglante défaite de Frank le Prétentieux. Les déclarations de Nick Rafalo, aussi, conforteraient sa position auprès du Conseil de Philadelphie.

Hal Brognola allait avoir en main des documents suffisants pour confondre les politicards qui avaient marché dans l'immonde combine d'Hollywood. Et aussi pour mettre sur la touche l'indic qui, depuis son département, diffusait des renseignements confidentiels à la Mafia. Marinello, aussi, risquait de se retrouver dans une fâcheuse situation malgré sa position politique au Sénat.

D'un coup, plusieurs opérations nationales devenaient possibles au niveau du FBI et la Cosa Nostra allait devoir suspendre ses activités criminelles durant un certain temps. Mais Bolan savait que ce ne pouvait être qu'une rémission.

En attendant, Hollywood ne servirait plus à former des Mata-Hari nouvelle vague. Il ne restait plus rien du grand Carrousel californien, à part des cendres qu'un vent d'est qui venait de se lever commençait à balayer vers le Pacifique. La nuit emporterait le reste.

Alors que l'écho lancinant des sirènes de police se faisait plus proche, l'Exécuteur exerça une pression sur l'accélérateur. Et le puissant moteur de la Corvette fit entendre son joyeux rugissement dans le petit matin frileux...

Mais le combat de
Mack Bolan continue...

— On y va.

Les deux hommes assis à l'arrière de la Ford quittèrent cette dernière, laissant le chauffeur derrière son volant.

— Tu te tiens prêt à démarrer, commanda encore le plus costaud des deux types. Dès que tu nous vois sortir. On n'en a pas pour longtemps.

Pour un Asiatique, le type était grand et massif. Il avait une tête de boxeur et une voix bizarrement instable. Comme celle d'un adolescent en train de muer. Mais il ne fallait pas s'y tromper. To était un vrai dur. Un vrai méchant. Le tueur préféré de *mister* Ling. Le genre de phénomène capable de briser une planche de chêne de cinq centimètres d'épaisseur d'un coup de poing, de planter la lame de son poignard de lancer dans n'importe quelle nuque imprudemment offerte et de loger les six 357 Magnum de son Colt Pyton dans un crâne adverse à plus de vingt mètres. Un « sêcheur » vraiment très adroit.

Et très intelligent aussi... pour un flingueur.

Il avait lu Chase, Chandler, plus quelques autres classiques et parlait quatre langues. Non seulement la sienne, le chinois, et aussi bien sûr l'américain, mais également l'allemand et l'espagnol. Un tueur cultivé, mais froid comme la glace, qualité pour laquelle *mister* Ling l'avait chargé de cette délicate mission. Car en plus d'être sans

pitié, To allait devoir également faire preuve de diploma-
tie. Enfin, un minimum.

Comme on peut être diplomate avec une gonzesse déjà
sacrifiée.

— Dépêche-toi, lança-t-il brièvement au petit Chinois
râblé qui l'accompagnait.

Il n'avait pas envie de traîner dans le secteur. Son fief à
lui, c'était Chinatown. Il y effectuait le plus gros de son
travail et n'en sortait que rarement. Notamment comme
cette nuit, quand *mister* Ling lui demandait un service
personnel. On ne pouvait rien refuser à *mister* Ling.
C'était un des deux ou trois personnages les plus importants de New York. Très important et très dangereux
aussi.

C'était le big boss de Chinatown.

La Ford s'était garée juste à l'angle de Northern Boulevard et de la bretelle de sortie de Brooklyn Queens
Expressway. Assez loin du *Stardust Motel* pour ne pas se
faire remarquer. La circulation sur l'expressway créait une
toile de fond sonore lancinante et, malgré l'heure tardive,
Northern Boulevard était encore relativement passant.
Les deux Chinois traversèrent la chaussée sans se presser,
longèrent la façade lépreuse d'un snack fermé dont
l'enseigne rouge clignotait toujours et foulèrent bientôt
l'allée pavée du motel qui accédait au parking. Au bout de
celle-ci, une fenêtre était allumée. Le bureau d'accueil. A
travers le store à lamelles, on distinguait la lumière sautil-
lante d'une télé. Les deux Chinois savaient ce qu'ils
avaient à faire. Silencieux comme un chat malgré sa
corpulence, To se faufila dans l'ombre, allant se coller près
de la porte qu'il savait fermée la nuit. Sécurité oblige. Pour
obtenir une chambre, la clientèle devait enfoncer le bouton de sonnette qui se trouvait près d'un guichet et
attendre le bon vouloir du réceptionniste. De l'intérieur,
ce dernier allumait un petit projecteur, ce qui lui permettait d'observer l'extérieur et de se faire une idée de la mine
du client. C'était également par le guichet que l'échange

fric-clé de chambre s'opérait. Pas très pratique, mais le mois dernier, rien que dans les motels du seul « borough » du Queens, on avait recensé douze assassinats, dont ceux de... neuf réceptionnistes de nuit. Ça forçait la prudence.

Une prudence qui n'inquiétait pas To. Il connaissait trop la nature humaine. Pendant ce temps, le râblé était arrivé sous la fenêtre. To le vit extraire des choses brillantes de sa poche et les jeter par terre. Trois petites plaques de métal qui, en tombant, imitaient parfaitement le bruit d'une vitre brisée. Un gadget de farces et attrapes.

Aucun gardien de nuit ne résistait à ce bruit-là.

Celui du *Stardust Motel* ne fit pas exception. Un instant plus tard, le petit projecteur s'allumait sur la façade et le type collait son nez à la vitre du guichet. Pour ne voir que le vide. Déjà, le râblé avait disparu dans l'ombre. Il faisait le guet. Parfaitement décontracté, To attendait. Déjà, le manche de son poignard de lancer était dans sa paume. A la seconde où l'acier plongerait dans la gorge du type, le vicieux processus imaginé par *mister* Ling commencerait.

L'opération *Star Fire* serait lancée.

Avec en point final, l'exécution d'un homme. La mort de l'étoile sanglante, de la bête noire, de l'ennemi mortel le plus haï de tous les mafiosi du monde en général et de *mister* Ling en particulier.

La mort de Mack Bolan.

Lisez « Piège à Chinatown »

en vente partout le

7 juin 1991

DÉJÀ PARUS

Composé sur Euroserveur, à Sèvres
Achevé d'imprimer en mars 1991
sur les presses de l'imprimerie Firmin-Didot
à Mesnil-sur-l'Estrée

– N° d'imprimeur : 17391 –
– N° d'éditeur : Ex. 93 –
Dépôt légal : avril 1991.

Imprimé en France